TAKE
SHOBO

【お詫び】みんなの王子様の童貞は私が美味しくいただきました。

兎山もなか

ILLUSTRATION
水平 線

蜜夢
MITSU
YUME

CONTENTS

MITSU YUME

イラスト／水平 線

お詫び
みんなの王子様の童貞は私が美味しくいただきました。

[owabi]
minna no oujisama no doutei ha
watashi ga oishiku itadakimasita.

1. プロローグ

まだ絶望したくなかった。

だから、その手をこっちに引っ張った。

＊

くだらねー。


……と、口から出かけた言葉をぐっと我慢した。

言ったら本当に、くだらないまま終わってしまうような気がしたから。くだらない人生だったと見切りをつけるのは、まだ早い気がする。

手の中で冷めつつある缶紅茶を顔の高さに持ち上げ、愚痴は甘い味で飲みこんだ。

時刻は夜の八時。〝とにかく人が集まるところ〟と目星をつけて若者の多いエリアにやってきたのに、私は今閑静な公園にいる。一日中歩き回って、夜になっても昼と変わらない人の多さに疲れてしまったのだ。

（まだ今日のノルマも達成してないのに……）

さっき声をかけた子は可愛かったな。でも完成されすぎというか……。あれだけ可愛く自分のことを演出できるのなら、もう伸びしろはないかも。ファンが成長を見守っていける楽しみの要素が薄い。

（……って、何様か）

こんな風に人を品定めすることにも、もう疲れていた。これをこなさないことには食べていけないし、拾ってくれた社長にも顔向けができないから、やるしかないんだけど。

どうして私の道はこんなに狭まってしまったんだろう。

夢を見ることが、そんなに悪いことだったとは思えないのに。

「……ほんと、くだら……」

くだらない、とついに言ってしまいそうになった時、人の気配を感じた。私が立っている自販機前から三、四メートル離れたところにあるベンチに、一人で座っている人がいる。男の子だった。見かけからして高校生。見たことのある制服の上からダッフルコートを着込んでいる。

電灯やビルの照明でほのかに明るい夜。辺りを見回せば、公園には私と彼の二人だけだった。近くにあるショッピングモールからはクリスマスの音楽が流れてきている。ジングルベルを力いっぱい歌う能天気な子どもの声。シャンシャンとバックで鳴っている鈴の音は、人の心を無理やり浮足立たせようとしているみたいだ。

（やめて差し上げろ）

無神経に明るい音楽は、この公園で今、私の目の前の光景を更に物悲しく演出している。男子高校生はベンチに座って泣いていたのだ。

私は離れた場所にある自販機の前からそんな彼の姿を眺めていた。

彼は片手にスマホを持ち、もう片方の手には缶コーヒーを持ち、綺麗《きれい》な横顔をこちらに見せて泣いている。静かに、ぼんやりと目前を見て。

くしゃっと顔を歪《ゆが》めるでも、泣きじゃくるでもない。ただただ静かに。淡々と。はらはらと涙を零し続けていた。

一体あなたの体の中の、どこにそれだけの水分があるのと訊《き》きたくなるくらい。

（いや、人間はだいたい水分なんだっけ？）

こんなに寒い冬空の下、放っておけば彼はいつまでもベンチでそうして泣いていそうだった。

（……綺麗）

彼の泣き顔はひたすらに美しい。

彫刻のように滑らかな肌の上を〝つー〟と走る涙の跡。

清らかな涙だと思った。彼がどうして、何がそんなに悲しくて泣いているのか。

私は俄然《がぜん》、興味が湧いてしまって。

「ねえ、あなた」

気付けば歩み寄り、声をかけていた。ベンチに座る彼の目の前に立ち、トレンチコートに砂が付かないように注意しながら、その場にしゃがむ。下から顔を覗《のぞ》き込む。

泣いていた彼は鼻水を垂らすこともなく、目を充血させることもなく。涙は目にいっぱい溜まると、溢《あふ》れた分からほろりと零れていく。

泣き顔はやっぱり美しかった。

圧倒的な美少年。

「どうして泣いてるの」

彼は目を丸くして、じっと私の顔を見る。まじまじと。まだ高校生らしいあどけなさが残る顔に見つめられ、ちょっと罪悪感が芽生えた。

やだな。もしかして、逆ナンだと思われてるのかな。まあ職業柄、そう勘違いされることには慣れっこですが……。

早めに身分を明かしたほうがいいだろうかと、鞄《かばん》の中の名刺入れに手を伸ばしたとき、彼が口を開いた。

「……おしが」

おし?

想像していたよりも落ち着いた声をしている。私はその音を聞き取ろうと耳を澄ます。

彼は自分自身に言い聞かせるように、噛《か》みしめながら言う。

「推しのアイドルが、引退したんです。……デキ婚で」

「……あ、そう。へぇ……」

泣くなよそれくらいで。

間髪入れずに抱いた感想はソレだったが、喉のあたりでぐっと我慢する。

いけない。最近の子はナイーブなのかもしれない。それに何であっても、人が没頭していることを否定するのはよくない。いや、でも……こんなに美形でも、アイドルにはまったりするのか……。自分の顔が一番とかじゃないんだ……。

涙の理由に呆《あき》れつつ、一方で私はこうも思った。


引退でこうして泣いてもらえるのなら、そのアイドルはなんて幸せなのだろう……と。


私はなんとか彼をなだめようと、更に話を聞いてみる。

「本当に好きだったんだね、そのアイドルのこと」

「好きでしたね。喪失感は半端ないですよ……」

「そこまではまったアイドルって誰？」

「……　〝山吹《やまぶき》アザミ〟」

「……ああ」

知っている名前が出てきて地味にへこんだ。

っていうか〝デキ婚〟って。知らなかった……。

「アイドルって。もうグループはとっくに卒業してたでしょう、彼女」

「アイドルの時から好きだったんです。女優に転向してからもずっと応援してて、俺にとってはまだアイドルでした」

山吹アザミはアイドルグループ出身の女優。センターではなく、サイドで歌とダンスのクオリティを担保する実力派。十六歳でアイドルとしてデビューした彼女は、二十歳になると同時にグループを卒業し、元々興味があったという女優業へと進んだ。

せっかく希望の道に進み、ドラマにもよく出ていたと思うのだが。〝引退〟は正直、私も驚きのニュースだった。っていうかデキ婚って……。

「引退はニュースになってたけど、デキ婚なんて報道されてたっけ？」

「報道はされてないけど、ネットニュースで話題です。産婦人科に出入りしてた写真も流出してる」

「なるほど……」

そういう時代か……と気持ちが暗くなる。ワイドショーよりも週刊誌よりも、スポーツ新聞よりももっと早く、一瞬で情報が拡散されてしまう時代だ。

山吹アザミのデキ婚、からの突然の引退。

明日にはワイドショーでも話題となり、お茶の間を賑《にぎ》わすんだろう。

胸がざわざわするニュースなのは確か。

……でもそれはもう、私とは何の関係もない話だ。

「あの……お姉さんは」

不信感と興味関心が入り混じった目で見下ろされる。人に見下されるのは大嫌いだけど、美少年にこうされるのは悪い気がしない。〝ただしイケメンに限る〟って、こういうことを言うのかも。

おろおろする美少年。これ以上戸惑わせるのも可哀想な気がしてきて、私はまっすぐ彼の目を見つめて名乗った。

「私は藤枝依子《ふじえだよりこ》」

「ふじえだ……」

「あなたの名前は？」

彼は一瞬だけ名乗ることを躊躇《ちゅうちょ》して、でも自分だけ名乗らないことも不公平に思ったのか、渋々名乗った。顔をしかめてもイケメン。

「荻野太一《おぎのたいち》」

「そう。じゃあ荻野くん、単刀直入に訊くね」

この時どうして彼に声をかけたのかと訊かれれば、〝彼が美少年だったから〟としか答えようがない。

「芸能界に興味はない？」

「……は？」

美少年の涙が引いた。

涙が引いても、彼の顔は美しかった。これはもう芸能界に入るしかない。私がここで声をかけなかったとしても、どうせ他の事務所が声をかけただろう。この逸材を業界が放っておくとは思えない。

私の目に狂いがなければ、だけど。

「や……え、お姉さんは……？」

「〝藤枝さん〟。もしくは〝依子さん〟と呼んでください」

「……よ、依子さん……？」

美少年に下の名前を〝さん〟付けで呼ばれる快感を覚えた夜。

「はい。是非その呼び方でお願いします」

これが、花菱《はなびし》プロダクションのマネージャーである私、藤枝依子と——後に超人気タレント（※ただし童貞）に上り詰める、荻野太一との出会いでした。

2．かつてはアイドル藤枝さん

私が太一をスカウトした翌年の夏。

彼は同年代の男の子とペアを組んでアイドルユニットとしてデビューした。


デビューシングルは見事、撃沈した。


「デイリーですら微妙でしたよね……」

「まあ……うん、そうだね。微妙な数字だったね」

今は私と太一で二人、居酒屋でお通夜……もとい、反省会をしている最中。

やって来たのは事務所のすぐ近くにある大衆居酒屋。リーズナブルな海鮮料理を提供するこの店は、明るい照明に清掃の行き届いた新しめの内装もあって、なかなか流行っている。「オーダーいただきましたーっ！」という若いお姉ちゃんの声と、「ありがとうございまぁーす！」という癖の強い大将の声が響き、活気づいていた。

そんな明るい店内とは対照的に〝ずーん〟と暗い顔でうつむき、組んだ指を口元に当ててデビューシングルの不発を憂いているイケメン。荻野太一。

居酒屋だけどマスクをしている。一応、彼は芸能人なので。

「いや、依子さん……アレは無いって」

私は彼の正面に座り、枝豆をちまちま齧《かじ》りながら彼の愚痴を聞いている。マネージャーとして。

「俺でも〝こりゃ売れないわ〟って思ったもん。なにあれ？　コンセプト〝打ちひしがれ系男子〟ってなに？　なんでそれをウリにしようと思ったの？」

「泣き顔が綺麗だったので……」

「意味わかんないよ！　それで売ってる限り俺は常に泣くのか？　いや泣けねぇわ‼」

愚痴を聞くっていうか、キレられている。

「いやもう、ごめん。私が悪かった」

藤枝依子、このとき齢《よわい》二十三歳。

五つも歳下、しかも高校生にお叱りを受けているところです。

私がスカウトした当初、当たり前だけど彼は私のことを疑った。〝え、新手の詐欺でしょ？　この後なんかしら高額請求がウチにくるんでしょ？〟とビビりまくっていた彼をなんとか信頼させ、事務所に連れて行き、親御さんの許可を得て正式契約に至った。

一度信じると肩の力が抜けたのか、彼は私のことを抵抗なく〝依子さん〟と呼ぶようになり、自分の意見をガンガンぶつけてくるようになった。

正直、ちょっと生意気である。

「っていうか、未成年を居酒屋に連れてきちゃダメだろ……」

そう言って太一は、マスクを少し下にずらしてコーラを飲んだ。仰る通りだ。っていうか個室にすべきだったね……。

諸々反省しつつ、私はまたビールをひと口。ごくりと飲みながら、マスクがずらされた太一の顔を凝視する。

ハッと見惚《みと》れてしまうくらいに彼は美しい。長い睫毛に憂いを帯びた瞳。薄い唇に、透明感のある肌。――やっぱり逸材には違いない。デビューシングルは売れなかったけど。

私はビールの入ったコップを握ってため息をついた。

「作戦を練り直さなきゃ……」

「……作戦？」

見た目こそ美しい男だけど、中身は普通の高校生と変わりない。もしゃもしゃとポテトをつまみながら私を見る目は純真な子どもそのもの。生意気に文句を言っても、なんだかんだ素直に私の後をついてくる。

私は大人として、彼を路頭に迷わせるわけにはいかない。

「芸能人をヒットさせる仕掛人みたいな人がいるの」

「ほう」

「番組のプロデューサーだったり、大御所の芸能人だったり……そういう人たちに顔がきくフリーランスとか。あと、意外とメイクさんとかね」

「業界っぽい……」

「アプローチしてるところだからちょっと待って」

「うん」

きっと誰かが食いついてくる。勝算があるから私は太一をスカウトしたのだ。そうじゃなければ、彼の貴重な十代の時間を預かる決断はできなかった。

一方で、彼にはいつも口酸っぱく言っている。

「勉強はちゃんとやってる?」

「え? ……あー」

「もうすぐテストでしょう。成績落としちゃダメだよ」

太一が通っているのはそこそこ有名な進学校だ。彼は教育熱心な家庭で育ったらしい。スカウトの時に彼の母親にも直接挨拶したが、穏やかでおっとりした外見ながらもハキハキ物を言う人だった。

もちろん、彼の母親も最初は太一の芸能界入りに反対した。説得には骨が折れたし、最終的に渋々承諾してくれたときも〝勉学に支障をきたさないなら〟と条件を付けてきたくらいだ。

その心配はもっともだと思うから、私は彼女に〝そこも私が責任を持ちます〟と言った。

太一はマスクを着けなおし、眉をひそめる。

「真剣に芸能界でやっていくなら仕事一本に絞ったほうがよくない？　覚悟的な意味でも」

「それはダメ。ちゃんと卒業して。いつまでもこの仕事してたいかなんて、先のことはきみにもわかんないでしょう」

「……うーん」

「今時は超売れっ子アイドルだって将来を見据えて大学まで出てるんだから。知ってるでしょ？　アイドルも高学歴化してるって」

「すごい努力だなとは思う……」

努力だ。売れれば売れるほど、スケジュールは過密になって学校に通うこと自体が難しくなる。絶対に卒業するという本人の意志と、周りの理解がなければ叶《かな》わない。

それも時代の変化でだいぶ風潮が変わってきた。どれだけ多忙なアイドルでも、大学を修了することが珍しくなくなってきた。――私もそれができていたら、どれだけよかっただろう。

次第に回ってきたアルコールのせいで、私は少し饒舌《じょうぜつ》になっていた。

「テスト前はなるべく仕事入れないようにしてあるから、その間にきちんと……」

「そんなに言うなら依子さんが勉強教えてよ」

「……嫌よ」

「えー。だってさ、どうしても休まなきゃいけない日もあるし、一回授業抜けちゃうとよくわかんないままのところがあって」

「ごめん。私、勉強は苦手なの」

「人にはやれって言うのに？」

やっぱり生意気。

自分ができていなかったことをやれって言うのは、私だって心苦しいのに。

やりきれない気持ちに襲われて、心がぐちゃぐちゃして。ビールの入ったコップを握りしめて情けない声を漏らしていた。

「……仕方ないでしょう。今とは違ったんだから」

「なにそれ。言い訳？」

「私の時はねぇっ！　そんなこと誰も教えてくれなかったの！」

〝バン！〟とテーブルを叩《たた》いて声をあげてしまった。だめだ。お酒を飲むとボルテージが上がってしまう悪い癖。

いけない、と我に返ったときにはもう遅い。

太一はテーブルを叩く音にびっくりしていて、それ以上に私が言ったことに目を丸くしていた。

「〝私の時〟？」

「……あっ」

「依子さん、芸能活動してたの？」

——生意気な上に、勘のいい男なのだ。

太一をスカウトすると決めた時に、私はなるべく彼に嘘《うそ》をつかないと自分の中で決めていた。だからこう逃げ場のない質問をされると、本当のことを言うしかなくなってしまう。

「……ちょっとの間だけ」

どんな反応をするんだろう。私が、かつては芸能活動をしていたと知ったら。

笑われるかもしれないし、信じないかもしれない。

でももしかしたら……〝気付く〟かも。

不安と期待がないまぜの気持ちで恐る恐る視線を上げると、彼はマスクの上から覗く目を丸くしていた。子どもらしい、疑うことをまだ知らない澄んだ瞳で。

「どうりで！　依子さん美人だもんね」

「……ありがとう」

教え込んだ営業トークをこんなところで活かされてしまって、複雑な気分になる。

でも悔しいかな、嬉《うれ》しい。美人とか絶対に思ってないでしょ。でも嬉しい。

これだからイケメンは……。

「それでそれで？」

「あ、ちょっと」

太一は小さなテーブルの上に身を乗り出し、ビール瓶を手にして私のコップに傾けた。

なみなみと注がれる金色の液体。注ぐのがヘタクソで、泡がまったくたっていない。

「ほら依子さん、飲んで」

「飲ませてどうするの」

「芸能人だった頃の話もっと聞かせてよ」

「うまくいかなかった人の話なんか聞いたって、何の参考にも……」

「反面教師にするから。教えて、先輩」

反面教師って。

無遠慮に人の過去を抉《えぐ》ってくる若さが怖くなりつつ、逆に〝その程度のことなのかも〟という気がしてくる。私の人生における失敗は、今となってはお酒の席で語られる笑い話。

今まで誰にも話す気にはなれなかったけど——彼相手になら、〝こうはなるなよ！〟と笑って話せるかもしれない。

「……面白く話せないかもしれないけど、いい？」

「もちろん。早く、先輩」

彼に〝先輩〟なんて言われると妙な気分になる。二十三歳の私が彼に変な気を起こしたら犯罪だ。たいした人生ではないけど、淫行罪で捕まるのは勘弁してほしい。

私はコップの中のビールをぐっとあおり、一気飲みした。

空になったコップを太一に突き出す。

「お」

「注いで。ガンガン酔わせて。じゃないとシラフではしゃべれない」

「承知！」

〝大将、ビールもう一本！　あと俺はジンジャーエール！〟と追加オーダーする声を遠くに聞きながら、考えていた。

これから私は自分の暗黒時代を彼に話す。だけど絶対に、自分の芸名だけはバラさないこと。どれだけべろべろになっても、それだけは絶対に口を割らないこと。

自分に厳しく言い聞かせて、ビールのおかわりを待った。

＊

藤枝依子は歌とダンスが好きな、どこにでもいる子どもだった。両親とも教師で、兄弟はいない。父も母もきっちりした性格の人だったけど、私は一人娘だったから少し甘やかされていたと思う。

テレビで歌手がステージで歌っていると、五歳頃の私はリモコンをマイクに見立てて歌手の真似をして歌った。そうすればみんなが喜んでくれた。

お父さんやお母さんだけじゃない。

家に遊びに来たお母さんの友達や、田舎のおじいちゃん、おばあちゃん。

〝依子ちゃんは歌が上手ね〟

真に受けた私が「将来はアイドルになる！」と言っても、誰もその夢を否定しなかった。誰も私が本当に行動を起こすとは思っていなかったからだ。私ですらまだ、この時はなんとなく「アイドルになる！」と口にしていただけだった。

〝なんとなく〟だった気持ちは、小学校・中学校と上がる間にも人知れず育っていた。

十四歳のとき、私の夢を決定的にする出来事が起きる。

初めて観に行ったアイドルのライブコンサート。クラスメイトと、そのお姉さんに連れて行ってもらったコンサート会場。あまりの大きさにびっくりした。二階スタンド席に座っていた私から見て、向かい側にいる人はぽつんと小さく見える。

こんな空間が本当に人で埋まるの？　今晩、ここにそんなにたくさんの人が集まるの？　うっそだぁ……と半信半疑でいたら、開演時間が近づくにつれてどんどん席は埋まっていった。

空気の密度が濃くなる。ざわめきも大きくなっていく。なんだか知らない世界に迷い込んでしまったような、不思議な気分に飲み込まれていく。

元々薄暗かったホールの照明が消え、ＢＧＭも消える。非常灯だけがぽわっと光を発している暗闇の中、観客のざわめきを切り裂くようにして突如、会場に重低音が鳴り響く。

正面のスクリーンに映像が流れだした。音楽に合わせて乱反射する光。〝わぁっ！〟と興奮を抑えきれない人たちの高い声。それすらも前哨戦《ぜんしょうせん》。

本番は主役が登場してからだった。スポットライトがただ一点を照らす。湧き上がる歓声と、凄まじい熱量に圧倒される。

——誰も彼もが、ステージ中央に現れた女の子たちに目を奪われていた。序盤からの激しいダンスで飛び散る汗も、興奮で目尻に滲《にじ》ませている涙もキラキラして、その子たちをひたすら特別に輝かせた。私はステージと、彼女たちがアップで映し出されているスクリーンを交互に見る。

同じ人間だということを忘れるほど、神々しくすらあって。でもやっぱり同じ人間なんだと思い出して、そのことにものすごく感動した。

〝こちら側〟で見ている私ですらこんなに興奮するのだから、これだけの人たちからのエネルギーを一手に引き受けるあの子たちは、一体どんな気分なんだろう。

興味を持ってしまった。少年が宇宙に興味を抱くような純粋さで。少女が恋を素敵で幸せなものだと思い込む愚直さで。〝あっち側〟に立ってみたいと願ってしまった。

密かに将来の夢に闘志を燃やしていた私は、こっそり雑誌のモデル募集に応募した。どうすればあのステージに立てるのか、考えて、調べて。道はいくつかあった。試せるだけ試そうと思った。

幸運なことに、一回目の応募でオーディションを受けられることになった。都合のいいことに私は背が高く、年の割に大人びた顔つきをしていた。大人受けのいい顔をしていたのだ。

オーディションにも、私はこっそり参加した。その日は平日で、制服に着替え、いつもと何も変わらない様子で「行ってきます」と家を出る。登校中のクラスメイトを捕まえ、「体調不良で欠席って先生に伝えておいて」と言付けて自分は新幹線へ。そして面接を含めた選考を終え、夕方には何食わぬ顔で帰宅し、家族みんなで晩御飯を食べた。

結果が発表されて、晴れてモデルとしてデビューしたのは十五歳のとき。事務所から所属契約に関する電話がかかってきたとき、母親は軽くパニックになっていた。「そんなもの応募した覚えが……」と電話を切ってしまおうとする母に、私は電話機の前で〝私！　私！〟と目一杯アピールした。

母は〝嘘でしょ？〟と呆《ほう》けた顔をして、そこで初めて私の本気を知った。

学生をしながらたまにモデルの仕事をしているうちはまだよかった。〝学業を疎かにしないなら〟と、両親も私の活動に目を瞑《つむ》ってくれていた。

でも次第に仕事が増え、雑誌の仕事を飛び越えてちょっとした役でテレビに出ることが多くなっていって。〝使い勝手がいい〟と頻繁に仕事がもらえるようになると、学校に通いながらでは回らなくなってしまった。

当然のように、両親からは仕事を辞めて普通の学生に戻ることを求められた。

当然のように、私は仕事を辞めないで学校生活のほうを切った。

〝自分で選んだのなら自分で責任を持ちなさい〟と家を追い出され、一人暮らしを始めたのは十六歳のとき。

私は〝寂しい〟よりも〝ちょうどいいや〟と思っていた。少しずつ忙しくなってきた仕事の影響で、生活は不規則になりつつあった。両親といたら事あるごとに「そんな生活はよくない」と注意されていたんだろう。煩わしいから、今のタイミングで親元を離れられたのはちょうどよかったかもしれない。――なんて、可愛げのないクソガキだったのだ。

サブで出演したＣＭで少しずつ関係者の目に留まるようになると、広告会社のキャスティング部門の人と話をする機会があった。そこで〝ほんとは歌とダンスがしたいんです〟と打ち明けると、〝じゃあレコード会社の知り合いを紹介しよう〟と繋《つな》がって、後はとんとん拍子。子ども教育番組のレギュラーを与えられ、番組内の曲で単身ＣＤデビューが決まった。

怖いものなんか何もない。

すべてがうまくいく人生だと、そう信じて疑わなかった。

〝これが私の天職〟

自分が練習を怠らず最高のパフォーマンスを見せることができれば、周りの人はみんな喜んでくれる。

一度だけ、都内のCDショップで握手会を開いてもらったことがある。そこには同世代の子どもから、年上のお兄さん、お姉さん。果てはおじいちゃん、おばあちゃんなんかも来てくれて、口々に「応援してる」と言ってくれた。小学生の男の子なんて目をキラキラさせて「一生ファンです！」と言って、小さな花をくれたりして。

私のことなんかまったく知らなかったはずの人までもが、私に興味を持って、笑ってくれる。入り口はなんでもいい。何かをきっかけに私を知って、〝応援したい〟と思ってくれるなら、そんなに有難いことはない。

この充足感だけで永遠に幸せに生きていける気がした。

――運命が変わったのは、十七歳のとき。

モデルからCMタレント、子ども教育番組と、地味でもちょっとずつ駒を進めていた私に一大チャンスが巡ってきた。大物プロデューサーが勢いのある十代の女子を集めてアイドルグループを立ち上げようとしていると言うのだ。手がけたタレントはことごとくヒットさせている、業界では有名なプロデューサーだった。

〝絶対にここで彼の目に留まって、アイドルとして成功したい〟

そう思った私は当時のマネージャーに頼み込み、そのプロデューサーの選択肢に入れるよう経歴書を彼の元へ送ってもらった。

よくよく思い出してみれば、マネージャーは〝でもあのプロデューサーって良い噂《うわさ》聞かないんだよなぁ……〟と言っていた気がする。私は聞く耳を持たなかった。〝とにかく送ってください！〟と。名乗りをあげないことにはどうにもならないと、焦っていた。

　何かしらプロデューサーの興味を惹くことができたなら、事務所に連絡がくるだろう。シンデレラの〝靴の持ち主探し〟みたいなものをイメージしていた。もしも自分が本物だったなら、数多《あまた》いる駆け出しのタレントの中から見つけ出してもらえる。

プロデューサーは私を変身させてくれる魔法使いに違いない。今はまだパッとしないけど磨きあげてもらって、みんなが憧れるキラキラとした女の子に……国民的なスターになるんだと。

そんなシンデレラストーリーを夢見ていた。

ついにその日はやってきて、事務所のほうに連絡があった。

〝そちらのタレントさんを今回のプロジェクトに入れたい〟


なぜか私一人で来るように言われた。

なぜか、呼び出されたのはホテルの一室だった。

私は緊張しつつも、〝業界っぽいなぁ……！〟と興奮していた。

馬鹿だったのだ。マネージャーが〝やっぱりやめておこう〟と言った意味もよく理解せず、単身ホテルに乗り込んだ。

ガラスの靴を持った魔法使いが、私を待っているんだと信じて。


魔法使いなんかじゃなかった。

待っていたのは、下卑た微笑を浮かべる汚い大人が一人。


〝よく来たね。こっちにおいで〟

＊

私の話を聞いていた太一は息苦しそうにマスクをはずし、思いつめた顔でこっちを見ていた。共感力が高い。時に抉ってくるけど、人に寄り添って話ができるところも、彼の長所だと思う。

話の続きを気にしつつ、先の展開に不安を覚えはじめた彼。

私はその不安を拭うようにどんどん話を進める。

「そのプロデューサーと寝るか、寝ないか。それが私の分かれ道になった」

「っ……」

〝え、寝たの？　寝てないよね？〟と泣きそうな顔が可愛い。「寝たよ」って私が言ったら、彼はまた号泣するんじゃなかろうか。……そういう涙は別に見たくないな。

さらりと結果を打ち明ける。

「寝るわけないでしょ」

「よかった……」

太一は心底安心したように深く息をついてテーブルに額を擦りつけた。

私の心身を案じてくれるくらいには、二人の間に絆《きずな》ができてきたらしい。そのことを密かに喜びつつ、私も過去の自分に思いを馳《は》せる。

約束されたシンデレラストーリーの代償に、自らの純潔を差し出せと言われた。それはできなかった。アイドルになることと同じくらい強く、私は自分の処女を、いつか恋した相手にあげるんだと心に決めていたから。

「平手打ちをお見舞いして逃げたわ」

「勇敢だね依子さん……」

「キモすぎて虫唾《むしず》が走ったから、仕方なくよ」

「めちゃくちゃ怖かったでしょ？」

「……」

「あ、ごめん。思い出さなくていい」

言われてふと、あの人のことを詳細に頭に思い浮かべそうになった。それを目敏《めざと》く感じ取った太一が身を乗り出して私の頭に触れてくる。たぶんそんなつもりはなかったんだろうけど、彼に頭を撫《な》でられるような図になる。

「……なにこの手？」

「記憶が消えないかなって」

「……今度は特殊能力持ちのアイドルとして売り出す？」

「迷走する予感しかしないからやめよ……」

そうだね。私もそう思う。

頭に触れてきた手は大きくて、彼が確実に大人の男へ変貌しようとしているのを感じた。この大きな手に頭を撫でられたいと、いつか日本中の女の子が思う日が絶対にくる。

そう思うとちょっとした優越感に浸ることができた。

いつかのことを妄想しつつ、そっと彼の手を剝がす。

「引っ叩いて、その場は事なきを得た感じでよかったんだけどね」

「うん……」

「一回だけじゃなかったの。その後も何回もあった。スポンサー企業の社長とか、大手プロダクションの社長とか。素性もわからないけど〝とにかくこの人と一晩一緒に過ごせ！〟って宛《あて》がわれたこともあった」

「……依子さんは」

「もちろん全部断った。〝そんなことはできません〟って。そんなことしなきゃいけないくらいなら、他の案件を頑張って探すわ！　って思ってた」

「うん」

「でも思うほどうまくいかなくて、枕営業を立て続けに断ってたらついに干されちゃって」

「……うん」

「それで、おしまい」


アイドルだった藤枝依子のお話は、本当にそれでおしまい。

救いも逆転劇もない。

顔を強張らせて戦慄している太一を見て、〝ちょっと深刻に語りすぎたな〟と反省する。こんな顔をさせたかったわけじゃないのだ。彼の打ちひしがれる姿はとっても素敵だと思うけど。できたらやっぱり、笑っていてほしいと思うし。

残り少なくなっていたビールを一気に喉の奥へと流し込む。おちゃらけた声を出す。

「バカバカしくない？　たったそれだけで、努力してきたことは全部パァ！」

場を明るくするつもりだったけど、内容が内容だけにちょっと無理があった。

やばい。どうしようこの空気……。

酔って頭が回らなくなっていた。空気の盛り上げ方がわからなくなって困っている私に気付き、太一はふっと笑う。

「それからどうやって生きてきたの」

その表情がやけに慈愛に満ちていて、ほっとした私は泣きそうになってしまった。慌てて目尻を拭い、なんでもない顔をする。優しい声で尋ねられた質問に、自然と答えていた。

「……仕事がなくなって、アイドルは続けられなくなっちゃった。でもその時にはもう引き返せなくなってて」

「引き返すって？」

「それまで歌とダンスのレッスンでいっぱいいっぱいだったし、全盛期は仕事もたくさんあったから学校にも行けてなかった。高校を卒業するのがやっとだったなぁ……」

「ああ……それで」

私が〝勉強して〟〝大学は出て〟と言った意味を理解したようで、彼は頷《うなず》いた。私の過去から彼に学んでほしい点があるとすれば、ここだけ。

「大学に行くための学力もお金もなかったから、すぐにでも働きたかった。家ともほとんど絶縁状態だったし……。でも高卒で就職活動をしてもなかなかうまくいかなくて。結局、所属していた事務所に一般職として雇いなおしてもらうことになったの」

元々は花菱プロダクションの所属タレントだった。十八歳のときにアイドルはすっぱり辞めて、最初は裏方の事務作業をしながら、徐々にマネジメント業務にも携わることになった。

芸能界の表舞台から退いて五年。クリスマスの夜、泣いている荻野太一と出会う。それがここ最近の藤枝依子の物語。

「なかなかに壮絶な人生ですね……」

「でしょ？」

「でも……依子さんが体を売らなくてよかったです」

「どうして？」

「どうしてって……そんな、人の夢を食い物にするような大人相手に……」

「でも、そのプロデューサーと寝て主演獲って大成功した子もいるんだよ」

だから甘言で誘ってきた大人たちも〝騙《だま》した〟という意識はないはずだ。

実際、当時の私と同じ路線で売り出していた後輩アイドルは自分の意志で誘いに乗った。映画の主演を勝ち取り、一気に知名度を上げ、一時期バラエティ番組やドラマに引っ張りだこな状態まで上り詰めた。

それが太一が号泣するほど大好きな〝山吹アザミ〟だということは、彼には黙っておく。

太一は困った顔で言った。

「……それは成功とは言わない気がする」

今後彼が活動をしていく上でも大事な話だ。自分の話をするつもりはなかったけど、ちょうどいいタイミングだったのかもしれない。

「枕営業とかしちゃうアイドルのこと、軽蔑する？」

彼は〝う〜ん……〟と唸《うな》り、しばらく自分の中で考えてから答える。

「どうだろ……世間的に認められることじゃないと思う。そんな事実知ったら身内もファンも悲しむし、今も蔓延《まんえん》しているなら撲滅《ぼくめつ》していくべきだと思う」

「まともなこと言うね」

「でも……〝どんな手を使ってでも業界で生き延びよう〟って熱だけは、否定できないかもしれない」

同意見で驚いた。

私も山吹アザミを否定できない。自分はそれを選ばなかったというだけで、彼女はものすごい覚悟をして、決断した。何をしてでも芸能界で売れる可能性に賭けた。

当時の事情を察していた関係者の一部は、彼女のことを軽蔑していたけれど。太一の言う通り、その熱量だけは否定できない。山吹アザミには、その軽蔑の眼差しすらも受け入れる覚悟があった。

――だけど、それでも。私には私の信念があるので。

「俺にも枕営業させるの？」

不安の入り混じった顔で、太一は私のことを見た。雛鳥《ひなどり》みたいにまっすぐ私に向かってくる彼は、私が「割り切って」と促せば受け入れかねない。そして業界の闇は〝女〟に限った話ではなく、〝美しい男〟だっていつ標的になってもおかしくない。

そういう世界だ。

「そんなわけないでしょ」

否定すると、彼は明らかにほっとした顔を見せた。業界の闇を語ったせいでビビらせてしまったかも。でも闇を見せないことが正しいわけじゃない。〝こういう世界もあるんだ〟という事実を提示した上で、私たちは共通認識を持つ必要がある。

ここからが、太一に今日最も伝えたかったこと。

「枕営業とか、そういうことは一切させない」

私はほどよく酔っていた。見た目にはさほど出ないタイプだ。でも酔っていた。心の中でボルテージが上がっていく。口が勝手に言葉を続ける。

「良い仕事をもらうために体を売るとか、干されないために常識はずれなサービスをするとかっ……そんなことが、トップスターになるための絶対条件なわけがないもの。体なんか使わなくたって、頭を使って――戦略的に、私たちは必ず成功する」

目が据わっていたかもしれない。結構飲んでいた。どれくらい飲んだかというと、ビール瓶三本と日本酒コップ三杯。あと梅酒とレモン酎ハイを一杯ずつ。

テンションは最高潮。

目の前の男子高校生に向かって、私は声高に豪語した。

「あなたの貞操は私が守るわ！」

3．才能が開花した荻野くん

「――って言ってたよね、依子さん。あの日、あそこの居酒屋で」

〝あなたの貞操は私が守るわ！〟

「うん。言ったね」

「依子さんに貞操を守られて、俺は二十四歳になった今でも童貞のままなんだけど……その点についてはどう思う？」

「とっとと卒業すればいいんじゃない？」

時間はかかったものの、彼は超人気タレントになった。

スカウトした日から七年の歳月が流れ……藤枝依子、二十九歳。荻野太一、二十四歳。

「絶対に依子さんのせいだわ……」

最近彼は愚痴っぽくなった。私が過去に居酒屋で豪語したセリフを口にしては、自分の童貞の責任を人に押し付けてくる。

正直、よくない癖だと思う。

定番のやり取りになってきたので、お決まりの返事でいなす。

「だから、こっそり彼女でもつくればいいってずっと言ってるじゃない。真面目な交際なら反対しないよ？　プライベートは任せてるんだし」

「そう言うけどさ！　つくれるわけないだろ、こんな忙殺スケジュールで！」

「まあ……たしかに」

なんだか予想以上に売れてしまって、今では超過密スケジュールになっている。私も元々は太一以外にもついてマネージャーの業務をしていたのに、三年ほど前からそれでは回らなくなってしまった。分刻みで進むスケジュール。半年先まで埋まっている仕事。雑誌の表紙から、ドラマ撮影。番宣のバラエティー。

なまじトークができるものだからロケ番組のオファーも多くなってしまって、しかも本人が「それは面白いから断らないで！」と言うものだから断れず。

絶対にヒットする……と信じていたけど、まさかここまでとは。

そんな天下の売れっ子タレント、荻野太一は鏡台の前で憂鬱そうな顔をしている。

アンニュイな表情でため息をつき、ぼやき始めた。

「番宣の収録でアイドルと一緒になるじゃん？　そしたら、世間話の一つもするじゃないですか」

「うん、するね」

「俺、思えば一回も連絡先を訊かれたことないんだ」

……また始まった。

「そうなんだ。意外」

こうなるとただ愚痴りたいだけなので、適当に相槌《あいづち》を打ちながら手を動かす。机に放りだされていたドラマの台本と、さっき間食後に飲んでいたサプリメントを鞄に詰める。もうすぐ本番だからここではどちらももう使わないだろう。

太一の嘆きは止まらない。

「それにさ。ファンミーティングとかやったら、絶対何人かは手紙やプレゼントくれるじゃん？　そしたら、中には〝真剣に付き合いたいんです！〟みたいな熱いメッセージが入ってるもんだよね」

「うん、ありがちだね。〝こういうのどうするんですか？〟って他のタレントさんから相談受けたことある」

「俺はそんなのもらったことがない」

「……」

「何かがおかしい……！」

哀れな男である。

荻野太一は成功している。その奇跡的な容姿と、演技・音楽・トークの才能から（ここは私も予想外だった）次々と仕事で好成績を収め、確実に知名度・好感度を上げていた。調査会社が毎年発表している『タレント好感度ランキング』では、昨年ついに「抱かれたい男」部門で二位を獲った（本人は〝ジムに通って体つくった甲斐《かい》あった――！〟と大喜びでした）。

世間では〝なんでも器用にこなす天才肌マルチタレント〟として女性たちを賑《にぎ》わしている。しかし実際は、女性からのアプローチを待ち続けているただのヘタレな受け身男子。

「待っててこないなら自分からいけばいいのに」

「自分から……？　自分からってどうやってやんの？」

「ほんとにヘタレな男に育ってしまって……」

「だぁぁって経験がないんだよ！　高校のときにこの世界に入って、やっぱりヘタなことしちゃ迷惑かかるよなぁなんて思ってたら」

「今できることはなんでもやりなさいって口酸っぱく言ったよね？　別に勉強だけのこと言ってたんじゃないんだけど。恋愛も青春もやれって意味だったのに」

「それもわかってたけどさぁ～……」

わかってたのね。それならほんとに自己責任だわ。

……と思う一方で、申し訳なくもあった。彼をこっちの世界に引っ張ってきたのは私だ。その時点で、普通の男の子としての人生はもう送れなくなってしまったのだから。未だに彼が童貞なことに対しても実はちょっと負い目がある。

　ガス抜きくらいは付き合ってあげるべきかと、少しだけ甘やかすことにした。

「今日は終わったら飲ませてあげるから」

「えっ、飲酒ＯＫ？」

「明日は久しぶりに午前中をオフにできたし、たまにはね。あ、でもあまり酔わずに明日に温存したいなら、まっすぐ帰っても――」

「いや、行く。依子さん奢《おご》って」

「ちょっと。私より数十倍稼いでるくせに私が奢るの？」

「歳下の財布アテにするなんてサイテー」

「女の財布をアテにする男もたいがいサイテー」

　なんて応酬をしつつ、本当は最初から奢るつもりでいた。私たちの間ではそれが当然だと思っていたから。高校生の頃から見ている彼に奢ってもらうというのも違和感があるし。

　けれど彼は、私の皮肉に対して朗らかに笑って。

「ははっ、たしかに！　じゃあ奢るから依子さん、店予約しといて。本番行ってくる」

「……え？」

　機嫌よく鼻歌をうたいながら、彼はラジオの収録スタジオへ足を向ける。

　仕事用ではない爽やかな笑顔に胸がキュンとなった。

（……〝キュン〟？）

〝キュン〟って、なに。

あまり覚えのない感覚に戸惑いつつ、私もスタジオへと向かうことにした。


この日はラジオ番組のゲスト出演の仕事だった。

駆け出しのアイドルや歌手が各曜日を担当する帯番組。タレントの登竜門的なポジションでもあるこの番組は、比較的知名度の高いタレントがゲストとして呼ばれることで人気。そこに今夜太一が呼ばれたのはとても光栄なことだ。

ラジオの収録スタジオはこじんまりとしている。テレビほどのスタッフを必要としないラジオの収録では、録音ブースに入るのは本番でトークする人だけ。

今日の番組のMCである駆け出しアイドル〝みぽりん〟と太一は既に部屋の中に入っており、打ち解けるために雑談をしている。ガラス越しに部屋の中の二人の様子が見えるものの、マイクのオン・オフをするカフを下げた状態のようで、向こうの声はこちらには聞こえなかった。

「よろしくお願いします」

「ああ、よろしく藤枝さん」

コントロールルームにいる人数も少ない。この番組のプロデューサー兼ディレクターが一人と、ミキサー卓を操作するPA担当者が一人。あとは〝みぽりん〟のマネージャーと私の、計四人だけ。

きちんとした挨拶は集合のときに済ませてある。各々はもう自分の仕事に移っており、私も持参したノートパソコンを開く。この収録の間に事務メールを返さなければ。アポイント調整が数件と、事前アンケートの依頼がきていたはずだ。これは来週に返送すればいいんだっけ。

あと、アレだ。今晩の店を予約しておけと言われているんだった。

「藤枝さん」

「はい」

「今日の収録の様子、写真撮ってみぽりんの公式ブログにあげても大丈夫です？　本人もすごく楽しみにしてたので」

「はい、大丈夫です。念のため写真の確認だけさせていただけたら」

「承知です」

前に一度、ものすごいブサイクショットがネットに上がってしまったことがある。太一は完成度の高いイケメンだ。欠伸《あくび》をしていてもうたた寝をしていてもたいがい格好いいのだけれど、くしゃみをするときの半目で口を半開きにした顔だけは、一般男性同様にブサイクだった。イケメンだけど人間だから仕方ない。

みぽりんのマネージャーである柏木《かしわぎ》さんは私よりも少し歳上。三十代半ばで小学生の男の子の母親だという彼女は、十六歳のみぽりんに手を焼いていると話していた。

「すみません。まだまだひよっこだからミーハーで」

「いえ。あんなに共演を喜んでもらえて荻野も喜んでます」

「ほんとですか？」

会話しながら柏木さんは自身のスマホを操作し、カメラを起動させる。その手元を目で追っていると、トップ画面に設定された男の子の写真が見えた。七五三だろうか。おめかしをして、照れた顔でこっちに向かってピース。

私用携帯での撮影はちょっと困るなと一瞬思ったが、見る限りそれは事務所貸与の社用携帯らしい。ナンバリングされたシールが貼られている。

「なんか、完全に母親の気持ちなんですよねぇ……」

「え？」

「あ、みぽりんのことです。だって〝娘です〟って言っても通じちゃう年齢ですからね。私には息子しかいませんけど、娘がいたらこんな感じだったのかなぁって」

「はぁ……」

「藤枝さんはそんなことないか？　まだ二十代ですし、荻野くんも二十代ですもんね。あんなデカい息子はリアリティないかー」

ころころと笑う柏木さん。彼女の〝息子〟という言葉が頭の中にひっかかる。

私と太一の歳の差は五歳。彼女の言う通り〝息子〟と言うには彼は大人すぎる。あっても〝弟〟くらいだろう。

でも柏木さんの言う感覚はなんとなく理解できてしまうかも。右も左もわからないうちから一緒にいて、たくさんの苦労と決断を共にしてきた。最初に感じた〝雛鳥みたい〟という感覚は〝自分の子どもみたい〟という感覚に近いのではないか。そうするとやっぱり、彼相手に〝キュンとする〟なんていう感情は間違って――と、思ったところで。

（いやそもそも、タレントですし）

うちの看板タレントですし。事務所的にも世間的にも「ちゃんとマネージャーやれよ」と怒られてしまうやつだ。そもそも恋愛対象にしていい相手じゃない。

収録の本番はいつの間にか始まっていた。

この番組の聴取率が高いのは、毎度人気のタレントをゲストに迎え、空気の読めない新人が赤裸々な質問をぶつけまくり、ゲストはそれにまっすぐ答えなければならないという暗黙のルールがあるから。ミーハーなみぽりんも例に漏れず、空気が読めない。

――荻野さんの初恋の人って、誰ですか？

空気は読めないけど、まだ易しい質問だった。恋愛系の話題であっても、過去のことなら好感度を下げないレベルで好きに話しても問題ない。

太一は朗らかに話す。

〝実は、子どもの頃アイドルが大好きで――〟
ああ、初恋なんだ。
それは知らなかった。

――アイドル？　私ですか？

〝いや、きみはまだ赤ちゃんくらいなんじゃない〟

――もっと早く生まれたかったです！

空気の読めないみぽりんの笑い声。私の心臓はなぜか〝ドッドッドッ……〟と早鐘を打ち、キーボードを叩いていた手を止めて聞き入ってしまう。
太一の初恋はアイドル。

――ずばり、そのアイドルの名前は？

〝それは言えないなー〟

――言いましょうよー。そういうコーナーですよ今！

〝そこはみぽりんがもっとうまく聞き出してくれないと。腕の見せどころでしょ〟

（頑張れみぽりん）

彼女に聞き出してもらおうとつい念を送ってしまった。

でも答えなんて聞かずとも、本当は知っている。だって高校生の彼が泣いている現場まで見ているのだから。太一の初恋は、引退を知って涙を流すほど好きだった山吹アザミ。全盛期のアイドルが好きで、今やそのレベルのタレントにも引けをとらない人気者となった彼のことだ。きっと素敵な恋愛をして、いつかは幸せな結婚をする。

そうなることを心から願っている。

――同日の夜十時。和創作居酒屋の個室。

一日の収録を終えた太一は、お猪口《ちょこ》を手に管を巻いている。相当できあがった状態で。

「アレはなんだったんだろうか……」

今夜は荒れるな……と思いつつ、徳利を持って彼のお猪口に熱燗《あつかん》を注ぎ足した。たまにはガス抜きも必要だろう。

彼のガスってこの手の話だけなのか？　って呆れる気持ちもあるけれど。

荻野太一はまた憤っていた。

「収録前、ブースでみぽりんと話してたんですよ。本番前にちょっとでも緊張が解けたらいいなって。そしたら彼女、〝前からファンなんですー♡〟って言ってくれて」

「よかったじゃない」

「よかったよ。ワンチャンあると思ったよ」

期待の仕方がすごいな。

若い子が使う〝ワンチャンある〟が〝可能性がなくはない〟といった意味で使われていることは太一から教えてもらった。

期待を挫かれたらしい彼は、憂鬱なため息をつく。

「でもさ。休憩中に一緒に共有スペースに行ったんだ。そしたら別の収録にきてた俳優の田辺兼人がいてさ」

「え、そうなの」

「みぽりん、俺のときと同じこと言ってたよ。〝前からファンなんですー♡〟って。まったく同じトーンで……」

「……まあ、ファンなんじゃない？」

「俺のファンとか、この世に実在するんだろうか……」

病み期到来か……。毎度のこと〝こんな理由で？〟と思ってしまう。出会ったときに泣いていた理由も〝推しのアイドルの引退〟だったし、彼の感情の振れ方は本当によくわからない。逆に単純なのかもしれない。

「まあ、飲んでくださいな」

「うん……」

空になった太一のお猪口に再び熱燗を注ぎ足す。こうして一緒にお酒を飲めるようになったことは素直に嬉しい。昔はよく、居酒屋で私だけが酔い潰れて高校生の太一におぶって帰ってもらったものだ（反省している）。

決してお酒に強いわけではない太一は、打ち上げや会食でお付き合いのお酒を覚えた。稀《まれ》に仲の良い同年代のタレントとお忍びで飲みに行き、そんな時にはハメをはずしてしまうのかベロベロになって、私はそんな彼を何度か迎えに行ったことがある。「気持ち悪い」と顔を青くしていた彼に、吐き方を教えたのも私。

迷惑をかけたり、かけられたりしている。

〝嫌だな〟と思ったことは特にない。

それはもはや、家族みたいなものだから？

「こんなはずじゃあなかった‼」

お店に来て三時間が経過していた。夜中も営業しているこの個室居酒屋は呼び出しボタンを押さない限りは放っておいてくれる。ゆっくり羽を伸ばせると、業界人御用達の穴場。

完全防音だと知ってか知らずか、酔いが回っている太一は〝わぁっ〟とテーブルに泣き伏す。

「こんだけ売れれば、彼女の三人や四人や五人はできるんだと思ってた!」

「最低か」

「それか特定の相手はつくらずとも、経験は積んで相当なテクニシャンになっているはずだった!」

「そうなんだ……」

完全防音でよかった。自らの童貞を嘆くアーティストの姿なんて、ファンの目には絶対に触れさせてはいけない。つくづく残念なイケメンだな。

もうほとんど空っぽな熱燗の中身を彼のお猪口に注ぎながら、なだめる言葉をかける。

「真面目に活動してれば、そのうち良い人に出会えるよ」

「そんな言葉信じられないね」

「まっ。ここまで一緒にやってきた依子さんの言葉なのに?」

「依子さんの言葉でも。俺だってもう子どもじゃないんだから、なんでもハイハイ聞きません!」

なんと生意気な。しかも、そんな子どもっぽい感じで言われても……。

〝ぷい〟と顔をそむけた成人男性（二十四歳。職業・タレント）は、仕草だけ見ると普通の男の子だ。しかし彼は今をときめく人気タレント。そして大きくなった体も、輪郭のシャープさも。もう決して子どもではない。

「七年も経っちゃったかー……」

頬杖《ほおづえ》を突いて私がぽろっとそう零すと、太一は目敏く反応してつっかかってきた。

「そうだよ。七年も経っちゃったよ。依子さん、男が童貞のまま三十路を迎えたら何になるか知ってる？」

「何になるの？」

「魔法使い」

一体どんな魔法を使うんだろう。

頭の中で太一に魔法使いのコスプレをさせる。なかなか似合っている。タレントのキャラ付けとしても新しい。

太一の蘊蓄《うんちく》は続く。

「そして、そのまま年齢を重ねるとクラスチェンジして妖精になれるらしい」

「……妖精アイドル？」

「言うと思った！」

〝デビューシングルの二の舞だ！〟と当時の私をきっちりディスって、彼はコップの中のビールを飲み干した。今日の太一は明らかに飲みすぎだ。いくら明日は午前中がオフだからと言っても、飲ませすぎてしまったかも。

手酌でビールを注ぎ足し、私への恨み事を漏らす。

「依子さんのせいだ……俺がまだ童貞なのも、この先も忙しくて卒業できる見込みがないのも。ぜーんぶ依子さんのせい……」

「あのねぇ」

あまりにしつこいから段々イライラしてきた。

彼をいなす言葉も適当になってくる。

「じゃあもうお金で解決しちゃえば？　空いてる時間にプロの手でパパッと……」

「人のハジメテをなんだと思ってる！」

「面倒な男だな」

〝童貞やめたい〟とうるさいから一番手っ取り早い方法を提案したのに、それはダメだと言う。童貞は捨てたいけれど、捨て方にもこだわりはあるらしい。まじで面倒臭いな。

面倒臭い童貞アイドルは、またテーブルに額をぐりぐりしながら言う。

「ああー。依子さん、変わっちゃったなー。昔は〝あなたの貞操は私が守る〟とか、格好いいこと言ってくれたのに……」

言いましたとも。

だから、ちゃんと守ってきたでしょう。

「……なんなの？　本当に」

低く地を這《は》うような声が出た。酔っている太一は気付かない。

近年はずっと上り調子でやってきた荻野太一に、悪い大人の手が一切伸びてこなかったわけじゃない。そういう影が見えたらきちんと私のところでブロックして、でも波風が立たないよう、うまくやってきた。自分がアイドルだった時にはできなかったことを、大人になって私は、ものすごく知恵を絞ってなんとかやっている。

なのにこの男は、ぐだぐだ、ぐだぐだと。

「このまま歳をとって、妖精になって死んでいくんだ……！」

〝わぁっ！〟とわざとらしく泣いて見せる太一。

ぷつん、と、私の中で何かが切れた。

カンッ！　と大きな音をたて、空になったコップの底をテーブルに叩きつける。

「──うだうだうるさい」

「え」

太一はビクッと体を震わせて、〝やばい〟という顔をした。今更反省したって遅い。

〝ガッ〟と乱暴に後頭部を鷲掴《わしづか》み、引き寄せて、テーブルの上で顔を近付けた。本来なら画面の向こうで格好よく微笑んでいるはずの美しい顔面が、完全にビビって歪んでいる。

「よ、依子さん、顔はやめっ……」

「そんなにお荷物なら私がもらうわ」

「え？」

「きみの童貞、私が責任を取ってもらってあげる」

「あ………はい」

〝お願いします〟と、彼は言ったんだったか。言わなかったんだったか。

ビール四本に熱燗を三本。梅酒にコークハイにレモン酎ハイを一杯ずつ。そして冷酒も一杯だけいただいたような気がします。


この日も私のほうが、ずぅーっと酔っていたのでした。

4．美味しくいただきました。

男性経験は、ある。

片手で数えられるほどの回数。相手は一人だけ。

初めては恋した相手と経験するのだと決めていた。だから絶対に穢《けが》されまいと、プロデューサーを平手打ちにして、要求には応じなかった。

結果として私は、無事に初体験を恋人と迎えることができた。相手はアイドル時代に私が出入りしていたテレビ局のアルバイト。年上の男の子。現場でハキハキした様子で雑務をこなす姿が爽やかで〝格好いいなぁ〟と私が思っていたら、収録が終わった後に彼のほうから気安く話しかけてきてくれた。年齢が近いこともあって私たちはすぐに打ち解けた。

ホテルの一件の後、干された私がまったくメディアに出なくなった頃に〝大丈夫か？〟と心配するメールをもらった。そこから何度かやり取りして、外に遊びに出ることになって。〝アイドル時代から好きだった〟と告白されて、数回デートして、順当な流れでエッチをした。

最初に繋がったときは……痛かった気がするなぁ。三回目にもなれば痛みはなくなったけど、期待していたほどの感動はなかった。気持ちいいとは思ったけど、なんとなく冷めていた。たぶん私はうっすらと気づいていたのだ。彼が好きなのはアイドルの私であって、一般人の私ではなかったことに。

四回目に体を重ねた直後に、「別れよう」と言われた。私も私で執着する気が湧かなくて、「いいよ」と言って終わった。

プロデューサーを殴って、チャンスをふいにしてまで守った処女だったのに。そうまでして守った処女を捧《ささ》げた彼ともすぐに別れてしまったから、今となってはわからないのだ。そこまで価値のある相手だったか？　そもそも、そんなに好きだったっけ？

どうなんだっけ。

夢が潰《つい》えた後だったから、心が弱っていただけな気もして、情けなく思えてきて。今でもたまに考えることがある。――あの時、あのプロデューサーの男とシてしまうべきだった？　そしたら私は、今の太一とも共演できる立場にいたんだろうか。

そんな〝もしも〟の話が頭をよぎることがあるけど、そのたびにいつも思う。絶対にそんなことはない。あの男は平手打ちにして正解だった。

だって。一度でも夢のために体を明け渡してしまったら、自分はもう二度とまっすぐに歩けなくなる気がしたから。

「まさかラブホっ……⁉」

「そんなところに入ってすっぱ抜かれたらどうすんの。家に決まってるでしょ！」

個室居酒屋でお会計をしてタクシーに乗り込む。今日は私も飲むつもりだったから社用車は事務所に置いている。二人を乗せたタクシーは、まっすぐに彼の自宅へと向かった。

「こんなにベロベロになってうちに来たら、もう一緒な気もするけど……」

「何か言った⁉」

「言ってない言ってない」

太一の酔いがいまいち甘い気がして焦る。これ、私だけが酔っぱらって彼を襲おうとしていることになるんだろうか？

でも仕方ないじゃん。〝童貞が童貞が〟ってうるさいんだし……。

後になって思えば〝一体何が仕方がなかったのか〟と真顔で自分を問いつめたいくらいなのだけど、いかんせんこの時の私は酔っていた。それはもう手の付けようがないくらい。

オートロックの彼のマンションへと足を踏み入れ、太一の部屋の前。彼がもたもたと鍵を開けるのを、腕を組んでイライラしながら待つ（後になって思えば暴君のようだった）。

いつもならここで「お疲れ様でした」と言って別れるのだ。太一が無事に自宅へ戻ったことを確認し、私は私の家へと帰る。でも今日は上がり込んでしまう。鍵を開けた太一が控えめに、〝本当に入るの？〟という顔で見てくるのを気にも留めず、私はおぼつかない足取りで進む。パンプスは玄関で脱ぐ。

「うん……しょっ」

脱いだパンプスはきちんと揃《そろ》える。

「ベッドはどこ?」

「あっちだけど……っていうか知ってるはずじゃん。どんだけ酔ってんの」

太一の部屋に上がるのはこれが初めてじゃない。引っ越しだって手伝ったし、朝、どれだけ電話しても起きない時は、ここに乗り込んできて叩き起こしもする。合鍵だって持っている。

だけど合鍵はあくまで仕事のパートナーとして渡されているものだから、私情で使ったことはない。

一度玄関に座ってしまうと、もう自分の力では立てなくなった。

這いつくばるようにベッドを目指す。

「わぁ……依子さん、パンツ見えるから」

「見るな変態」

「見せといてそんな……っていうか、え、普段からそんなセクシーなの着けてんの?」

「変態!」

今日どんな下着を着けていたかなんて忘れてしまった。でも下着にはこだわるほう。

マネージャー職は営業も宣伝もするから、身だしなみが大事。しかしタレントより目立っては元も子もないので、おしゃれは最低限で地味な格好をすることが多い。ジャケットを着て、髪は一つにまとめ、アクセサリーも華美過ぎず。

だから下着くらいは好みのものを着けようと、お金をかけている。良いものを身に着けていると背筋が伸びるから、私にとってはこっそり身に着けるお守りみたいなものだった。

「やばい、勃《た》った……」

背後からぼそっとそんな言葉が聞こえて頬が熱くなった。

「あーちょっと、依子さん。服が汚れるから」

呆れた声が降ってきた後、逞《たくま》しい腕に抱き上げられる。彼の部屋の廊下は掃除が行き届いていて、汚れそうもないけれど。

「ベッドの上でいいの？」と訊かれ、こくんと頷《うなず》く。

お姫様抱っこをされていると気づいたのは、ベッドの上に下ろされる瞬間だった。

「はい。着いた」

太一の酔いはすっかり醒めている。彼は面白いものを見るような目でニヤニヤしながら、自身のベッドに座り、ベッドの上に横たえた私のことを見ていた。

なんなの。生意気。

むくりと体を起こした私は彼の肩を掴み、強引にベッドの上に押し倒す。

「……本気？」

笑ってはいるけど、ヒクッと動いた眉が戸惑っている。彼はまだ私の本気を測りかねているらしい。

「残念ながら本気です」

私がきっぱりそう言い放つと、太一はなぜか嬉しそうな、困ったような複雑な顔をして目をそらした。自分の顎に手を当て〝えー……〟と声を漏らす。

「いいのかな……。や、願ってもないんだけど、酔ってるのにいいのかな……」

何かよくわからないことをごちゃごちゃ言っている。

もう選択権なんてとっくにないのに、うるさいな。

太一のシャツのボタンをぷちぷちとはずしていく。鍛えているからだろうか。細すぎない、厚い胸板が露わになる。

――鍛える時間があるなら、もうちょっとくらい遊べばいいのに。

〝モデルの仕事もあるから〟とジムに通って、体をつくって。意外と真面目でストイックなのだ。彼の努力の賜物《たまもの》である体に指先を滑らせる。お臍《へそ》のそばを、触れるか触れないかのタッチでなぞった。

「ん……」

吐息まじりの色っぽい声。

「んぁ……ふふっ、依子さん。それくすぐったい……」

……可愛い。

私の下で身をよじってけらけらと笑っている。お酒を飲んだせいか体温が高い。その温度が気持ちよくて、彼の素肌に頬擦りした。

「……あー。待って。それは、ちょっと」

「なに？」

「一気にエロい気分になるから、ちょっと……」

そうなってもらわないと困る。

こんな風に家にあがりこんで、くすぐったがらせて終わりだなんて。それだけで済んでしまったら、〝あの夜のアレは一体なんだったんだろう？〟とお互いもやもやして気まずくなってしまう。

――ここでどうして〝今やめれば未遂で済む〟という発想にならなかったのか。

「待っ……待って。依子さん……ほんとに酔ってるよね？」

「そりゃ酔ってなけりゃあ、こんなことにはならんでしょう」

「こういうのはよくないんじゃないかなぁ……！」

「しっかり反応させておいてそんなこと言う？」

「生理現象じゃん……」

私が座っていたのはちょうど彼の股の上あたりだった。さっきからソコは硬く膨らみ、刺激を求めてヒクヒクと震えている。

もう少し焦らしたら彼はどうなるんだろう。純粋な興味がむくむくと湧いてきて、私はもう一度彼のシャツに手をかけた。全開になるようにはだけさせる。

小さな乳首に舌を伸ばした。

「ン……」

ツン、と舌先で突くと〝びくっ〟と全身が震える。顔の半分を手で隠しながら恨めしそうにこっちを見る太一。感じることを恥ずかしいと思っていることがありありとした反応。可愛い。

「……気持ちいい？」

「……かもしれない」

なんだそれ。そこが性感帯かは人それぞれなんだっけ？　こんな反応をするくらいだから、感じていないわけではないんだろう。

もう一度胸の尖《とが》りに口付けた。舌で包み、口の中に含み、〝ちゅぅっ〟と吸ってみる。

「は、あぁっ……！」

〝びくびくっ！〟と体を震わせて私の後頭部を抱いた。めちゃくちゃ感じているように見える。気持ちよさそうに、堪えるように唇を嚙んでいる太一の様子を見ているとたまらなくなってきて、自然と陶酔の息が漏れた。

「はぁっ……」

吐き出した自分の呼吸にも、アルコールが多分に混じっている。酒臭いのはどうにかしたほうが……と気になったものの、シラフになったらこんなことはもう続けられない。

一旦走り出したら止まってはいけない。

「こっちは？」

「っあ」

「触ってほしい？」

〝ジジッ……〟とファスナーを下ろし、チノパンを少しずり下げた。ボクサーパンツの上からやんわり触れると、もどかしそうに〝びくん〟と跳ねる。彼のモノは真上にいきり立ち、ボクサーパンツの布地はぴんと張りつめていた。

「もう、触っ……」

「直接触ってほしい？」

「……触ってほしい」

欲望に素直だ。そんなところも可愛い。

意地悪したい気持ちがまたむくむくと育って、顔を近付けて詰め寄った。

「お願いして、太一」

「……っあ」

屈辱そうに眉をひそめ、苦しげに口を半開きにしている。

彼はあっという間に陥落した。

「っ……触ってください」

ぞくぞくと、言いようのない高揚感に襲われる。私も変態なのかもしれない。

顔はまだすぐ目の前にあった。視線が絡む。欲しがるような目に吸い寄せられる。

きゅっと首の後ろを両手で押さえられ、顔は更に近付いた。

（あ）

キスされてしまった。

目を閉じる間もなく、ふにっと柔らかい感触を唇に感じる。熱い。

一瞬突き合わせるだけですぐに離れ、また視線が絡んで、今度はどちらからともなく目を閉じた。お互いを欲しがるように唇を舐《な》める。

太一とキスをしている。

「あ、っ……ふっ……」

「ん……依子さん。手も忘れないで。はっ……触って」

下唇同士を突き合わせながら、ボクサーパンツの穿《は》き口に手を伸ばす。

中に手を忍ばせ、刺さるような陰毛の感触を手のひらに感じ、更に深く手を伸ばす。

ソコに触れた。

「あっ……」

あ、やばい。おっきい……。

外周を握るとダイレクトに大きさを感じ取ってしまって、あまりの立派さに動揺する。

飢えた犬のように舌を出してくる太一と口ではキスを繰り返しながら、手は休めずに彼自身を扱き続けた。

「んぁっ……これ……。キスしながら触られるの、やばいくらい気持ちいっ……」

「ん……力加減あってる？」

「はっ……なにその質問、かわい……気持ちいいよ。もっと強くても平気」

「うん」

握る手に少し力を込めると、太一は私の手の中に擦り付けようと自分から腰を動かした。

いやらしい。本能に忠実になっている彼を見ていると、私まで感じて濡《ぬ》れてきてしまう。

「あーっ……」

低く唸って、腰をカクカクと動かす。イきそうなんだろうか。

手の中で膨張し熱をもっているソレが、今にも爆発しそうでドキドキする。手の中に出されてしまうのかな。

勢いを殺したら萎えてしまうかもしれない。彼を絶頂に導こうと、必死で舌を吸い、手を激しく動かし続けた。

「依子さんっ」

「え……ん、ふっ……」

一生懸命動かしていた手が太一の手に捕まって、彼のパンツの中から抜き取られる。

どうして止めたんだろう。

彼は私の手ごと体を抱いて、身動きを取れなくした。そして露出した局部を擦りつけるように私を突き上げた。

「あっ、あんっ……！　んぐっ……」

キスは続く。ショーツもストッキングも穿いている私の蜜口に、彼の先端が直接触れることはない。「汚れちゃうでしょ」と止めようとしたけど、気持ちよくて結局されるがままでいた。布地越しに擦りつけられるソレは、さっきよりもずっと硬くて気持ちいい。

「はっ、はぁっ……っ、触られてなくても出そうっ……」

キスの合間にそう言って、太一は腰を揺らし続けた。

私は彼の首元にしがみついて猫がじゃれるようなキスを繰り返しながら、下から彼に抱きかかえられている。お尻を撫でられたりショーツ越しに割れ目の部分をカリカリ引っ搔《か》かれたりして、欲望に火を点けられた。

「あっ、あぁっ……もっ……も、無理っ……」

なにが無理なのか。自分の言葉に内心で突っ込む。

焦れて苦しいのか、我慢できないのか。自分でもよくわからないまま口走るとぐるんと体が反転した。目前には完全に欲情した荻野太一の顔。

大人になってよりキリッと研ぎ澄まされた美しさに、心の奥が震える。

「依子さん。……いい？」

こんなに美しい生き物が今、私を貪ることで頭をいっぱいにしている。

──なんて快感。

彼の問いかけに対して頷く。すぐに滅茶苦茶にされるかと思ったら、太一は躊躇するかのようにまじまじと私の顔を見た。

（……あれ？）

ここにきてビビっちゃった……？

「太一？」

さすがに一線を超えるのはまずいと思い始めたのか。この状況で我慢できてしまうなら、この先も望みはなさそうだな——と、私が諦めかけていたとき。

彼は控えめに尋ねてきた。

「……こういうの、トラウマだったりしない？」

「……ああ」

いつか私が話した枕営業のことを思い出しているんだろう。プロデューサーに体を汚されかけて、寸前で平手打ちをして逃げた事件のこと。まだ駆け出しの頃、彼に話した記憶がある。

(優しいなぁ)

こんなにいっぱいいっぱいに張りつめていて、余裕なんてないくせに。こんなときでも私の心を守ろうとしてくれている。

ほんとに良い男なんだけどなぁ。なんでまだ童貞なんだろう?

そっと手を伸ばして、猫をくすぐるように首の下を撫でる。

「ん……依子さん……？」

「トラウマじゃないよ。平気。……嫌だったらとっくに平手打ちしてる」

こしょこしょとくすぐると、ごろごろと気持ちよさそうに擦り寄ってくる。〝ムズッ〟

とまた欲情を募らせた様子を見せつつ、彼はまだ私の表情を窺《うかが》っていた。

「ほんとに？　……でも依子さん、めちゃくちゃ酔ってるし」

「うん。だから、童貞捨てるチャンスなんて今しかないよ。ほら」

「あッ」

さわっ……と再び彼のモノに触れると、刺激が強いのか彼は腰を引いた。ちょっと触れた感じだけですごかった。手で扱いていたときのサイズからまったく衰えることなく、ギンと真上に反り返っている。

さすが若い……なんて言っちゃうと、おばさんくさいかな？　黙っとこ。

「どこに挿《い》れるかわかる？」

「子ども扱いすんなっ……」

いかにも子どもっぽい言い方をするから笑ってしまって、本格的に彼を怒らせた。

ムッとしかめ面になった太一は、どこから取り出したのか避妊具を手にして、ピリピリと封を切り、中身を己に装着する。

練習していたんだろうか？　思っていたよりもスムーズだ。

準備が済むと、彼は再び屈んで顔を近付けてきて舌を出した。〝れろ……〟と私の顎の裏を舐める。

「あっ……。ん、もう……挿れたいんじゃないの？」

「はぁっ、自分だって、ココ……ぐしゃぐしゃに濡らしてるくせに」

辱められて〝ひくん〟と疼《うず》いた。不覚にも、太一の言葉で。

無理もないか。動機はどうあれ、鍛え上げられた逞しい体に抱かれている。誰もが目を奪われる見目麗しい顔がまっすぐにこちらを見ている。彼は間違いなく極上の男だ。

——そんな事務所の稼ぎ頭相手に、私は何を？

ちょっと冷静になりかけて青ざめる。やっぱりまだ理性は失ったままでいようと、考えるのをやめた。その間にも太一は私のスカートとストッキングを脱がしていく。脱がしやすいように、私も腰を浮かす。

最後にショーツを剝ぎ取って、じっと凝視してきた太一の目は好奇心旺盛な少年のようだった。遠慮のない視線が恥ずかしく、反射的に脚を閉じてしまう。

けれどすぐに彼の手で簡単に広げられ、彼の関心は秘部へ。

「ん……すごい、依子さん……太股まで垂れてる」

「っ……」

「こんだけ濡れてたら平気？　それか、もっとほぐしたほうがいい？」

童貞なんだからもっと前後不覚になって、私のことなど構わず奪ってくるのかと思った。でもそこは根の真面目さが出たらしい。気遣いが過ぎるくらいの対応に、逆に焦れてしまう。

もどかしすぎてどうにかなってしまいそう。

私は再び彼のモノに指を添えて、蜜口へと導いた。

「……もう平気だから、早くっ……」

「っ……依子さんっ」

「あんっ！」

私の名前を呼びながら首筋に噛みついてきた。甘噛みだったけど、本当に食べられているような気がしてめちゃくちゃ感じた。同時に彼は腰を押し付けて、あっという間に自身を根元まで私のナカに沈めてしまう。

「あ、あっ、あぁ……！」

大きい。

深い。

重たい。

……気持ちいい。

直感的に感じた言葉が頭に浮かび、チカチカと視界が瞬く。〝ぐちゅっ！　ぐちゅっ！〟と淫猥《いんわい》な音をたてながら、太一は私のナカで暴れた。

「はっ、ぐッ……んんっ、依子さっ……」

「ふっ……！　んんっ！」

「すごい、依子さん……すごいっ……腰、溶けそっ……」

（――ああ）

クラクラする。

清潔な肌の香りと、ベッドに染みついた太一の香り。零れてくる汗と、一突きするたびに彼が口から漏らす呻《うめ》き声。「気持ちいい」と全身が叫んでいる。彼の反応にこの上なく満たされた。

もっと。もっと気持ちよくしてあげたい。

「あっ、あっ……ふ、んんっ……太一っ」

「ん？　……あ、っ……何？」

私の声を聞き取ろうと耳を寄せてくる。その耳をべろっと舐めた。

「ッ‼」

「……こら。逃げないで、耳、もっとこっち……」

「や、なんかそれっ……だめな気がする！　舐めたら、音っ……」

「ん……頭に響く？」

「響っ……あぁっ」

太一の腰の動きが激しくなった。耳の中をねっとり舐め回す。音が反響するようにもう片方の耳を優しく塞いで、彼の頭の中にいやらしい音を閉じ込めた。

「んっ！　んぁっ、はぁっ……」

だらしなく喘《あえ》いで腰を打ち付けてくる。加減なく突いてくる動きに負けることがないよう、必死にしがみついて彼の耳の中を犯した。形のいい耳の縁もさわさわと撫で、より敏感になるように。

「イっ……イきそう、待って。ストップ、依子さ……あッ!!」

裏返りそうな声。

「えっ、何今の? 奥、きゅうって……」

私がナカを締めた動きに驚いたらしい。いかにも童貞な反応に笑いそうになりながら、愛しさがこみあげてきて彼の背中を抱きしめた。

きゅっ、きゅっと、連続して下腹部に力を込める。

「あ、待っ……それ、ほんとに……出るっ……」

「いいよ。出して」

「あっ……ふ、あぁっ……!」

太一はその晩、四回射精した。

すべて終わって二人並んでベッドに仰向けになったとき、彼は放心状態だった。

「……なんか、すごかった……!」

よくそんな童貞らしいセリフがぽんぽん出てくるな。

感心しながら、全身を襲う疲労感にうつらうつらとして相槌を打つ。私も相当気持ちよかった。

枕に顔をうずめて意識を飛ばしかけていると、太一が神妙な顔で問いかけてくる。

「依子さん……ほんとに枕営業してないんだよね？」

「失礼か！」

びっくりして一気に目が覚めた。ここまでの経緯的にその質問は最悪だ！

憤慨する私に対して、彼はいたく感動している。

「いや、だってテクが……天国見たわ……」

最初のエッチがいまいちだったのは、自分の技術のせいかなって思って研究したからね。結局今の今まで実践する機会はなかったけど。お気に召したならよかったです。

――こうして、今をときめく人気タレント・荻野太一は童貞を卒業した。

5. 二度目の過ちの誘い方

誠に申し訳ございません。

私、藤枝依子は、酔った勢いで所属タレントである荻野太一の童貞をいただいてしまいました。関係者の皆様にはこの場を借りて深くお詫び……できるわけがないよね！　一瞬でクビになるからね！


翌朝、ベッドの中で目覚めた私は戦慄した。

二日酔いで頭はガンガン痛んだけれど、シラフになって記憶が鮮明に思い出される。

……寝たね！　一線は……超えちゃったね！　一瞬〝未遂という可能性も……〟なんて思ったけど、ヤッたわ！　ヤりまくったわ。

記憶を辿《たど》れば辿るほど、太一の体は自分にしっくりときて、気持ちよかった瞬間ばかりが頭に蘇《よみがえ》る。……なんてことだ！

目覚めると私は太一の逞しい腕に抱かれ……てはおらず、私たちは額を寄せあって、向かい合わせで丸くなって眠っていた。まるで双子の子どもがそうするような対等な位置関係に、「仲良しか」と小さく笑ってしまう。

(……全然笑ってる場合じゃないけど!)

遅れて目を覚ました彼は私の顔を見るなり〝ハッ!〟とすべてを思い出したようで、すぐに赤くなった。そして照れくさそうに目を伏せて。

「……コーヒー飲む?」

夜明けのコーヒーを飲んでいる場合でもない。

童貞の夢に付き合っている場合でもなく……でも、じゃあ何をする場合なのかというと、起きてしまった事実はもうどうしようもなかった。私が事故に遭って記憶を消すか、太一の頭を殴って記憶を消すかしかない。

しかし大事な稼ぎ頭を傷つけるわけにもいかず(傷モノにはしたけれど)、私自身、痛い思いをするのは御免だったので。

シンプルに忘れることにした。

「そういうことだから」

「え」

「忘れてちょうだい。昨日の夜、私ときみは居酒屋で現地解散。何も起きなかった」

「そんな! 俺の童貞卒業記念日!」

「きみはなんか知らないけど、なんか知らないうちに童貞じゃなくなっていた」

「嫌だよそんなわけわかんないの!」

わけわかんなくてもそういうことなんだよ！

そういうことにしとこうよ！　お互いのために！


ごねる太一を大人の理屈で捻《ね》じ伏せて、なんとかこの朝は切り抜けた。一度自宅に帰ってお風呂に入った。それでもまだ自分の体から太一の匂いがする気がして焦った。

次に顔を合わせたのはその日の午後。

基本的に行動を共にする私たちは、一緒じゃない時間のほうが短い。午後にまた彼のマンションまで社用車で迎えに行くと、シャワーを浴びて服を着替えた太一は何か言いたげに私を見た。でも結局、何も言わずに社用車に乗り込んだ。

午後のスケジュールは特番の打ち合わせから始まり、その後は新しい振り付けのレッスン。最後には長丁場の収録が待っている。

特番の打ち合わせをするテレビ局までの道すがら、後部座席に乗った彼は口数少なく、窓の外を眺めているだけだった。バックミラー越しにその様子を窺う私も、必要最低限のことしか話さなかった。

七年もの間、タレントとそのマネージャーとしてやってきたんだ。

二人きりになる現場は数えきれないほどあった。でも、何も起きなかった。

私たちは今までと何も変わらず、ビジネスライクな関係でこれからもやっていける。

……やっていける、はず！

今日はほとんどが彼の現場の付き添いだったので、行く先々の人と太一がやり取りをしているのを見守っている時間が長かった。お陰で二人きりになって変な空気になることもなく。

一日の仕事を終え、太一を一人暮らしの自宅まで送り届ける。夜になると気まずさは消えていた。太一は随分とお疲れのようで、車の後部座席でぐったり横になっている。

「つっかれたぁ～……」

「お疲れ様」

「今日の俺何点だった？」

「八十七点」

「えっ、高めだね」

低く見積もっていたらしい彼は上体をうつ伏せにさせていたところから顔を上げて、〝なんで？　なんで？〟と目で訴えてくる。

「特番の打ち合わせで、自分で折衷案を出して通してたのは成長したなって」

「おぉっ」

「ダンスレッスンでは新しい振り付け覚えるのめちゃくちゃ早かったから」

「おっほ！　なに！　めちゃくちゃ褒めてくれるじゃん！　ちなみにマイナス十三点は？」

「バラエティの収録のときに、一瞬だけ女子アナ相手にまごついてたから」

「おっほ……」

「見られてたのかよ死ぬ……」と言い残し、彼はまたシートに寝っ転がった。今度は後方を向いて顔が見えないように。いつも通りのくだらない応酬で一瞬だけ賑やかになった車内が、また静まり返る。

太一の家まではまだ遠い。

今日の現場で、私は珍しくずっと収録の様子を見ていた。いつもは現場まで付き添いいつも収録中は電話をかけまくったり、持ち込んだパソコンで事務をこなしたりすることが多い。次の現場に先に移動して準備を整えていることもある。

太一は他の芸能人と並んでも引けをとらないオーラを纏《まと》い、カメラの前でキラキラと輝いていた。スタジオの隅で、私はひそかに感動していたのだ。出会った当時、彼はイケメンではあったけど、それでもやっぱり〝ただの男の子〟だった。今の人気やカリスマ性は彼がこの道を選んでから手に入れたもの。

昔の私では到底届かなかったところに彼はたどり着いた。そこにはたくさんの努力があったことを、ずっと見ていた私は知っている。それでも奇跡を見せられた気分になる。

それは私が見たかった光だった。

（すごいなぁ……）

後部座席に寝っ転がる広い背中をバックミラー越しに見つめる。高校生のときに既に骨格はできあがっていたけど、あれから五年経って更に成熟した。デビュー時の初々しさとはまた違う魅力で世の女性を虜にし、一部の男性からは憧れを持たれるまでになった。

——それを、一時の欲に負けて、彼が積み上げてきたものを私がダメにしていいはずがない。

（どうしてその判断が昨日できなかったかな）

酒に酔っていた自分を悔いることしかできない。

「……」

沈黙を気にするような間柄ではないものの、今はなんとなく気まずかった。少しでも早く着くよう、彼に悟られないようにアクセルを踏む足に力を込める。

マネージャーを始めた当初は免許なんて必要なく、公共の交通機関で事足りていた。けれど、次第にそういうわけにはいかなくなった。

マスクをしていても太一は人から声をかけられるようになり、サングラスを掛けた。掛けはじめた頃はそれでなんとかなっていたけど、テレビでの露出が増えるとそれでも声をかけられるようになった。

タクシー移動が常になり、〝こうなったらもう車を運転できる奴がマネージャーをやるべきだ〟という話になって、私は仕事の合間を縫って免許を取った。

太一が長期のドラマ撮影に出ている間や休暇中を狙ってなんとか取得した免許。今では都内の複雑な道路もなんなく運転できるし、テレビ局へのショートカットも、タクシーの運転手より詳しい。

次第に無言がつらくなってきたのか、むくりと起き上がった太一が声をかけてくる。

「帰りくらい俺が運転するのに」

「嫌よ。疲れてるでしょう？　居眠り運転で事故でもされたら困る」

「疲れてるのは依子さんも同じでしょ」

彼は大学生の頃、まだ今ほど忙しくなる前にちゃちゃっと運転免許を取った。〝学生のうちにできることはなんでもやっておけ！〟という私の教えに従ってなのか、本人が車好きだっただけなのかわからないけど。後者だとしたら、今はほとんど彼に運転の機会がないので、可哀想なことしたなという気持ちもある。

マンションに到着。

防犯の意味も込め、車を降りて太一の部屋の前まで彼を送り届ける。前に一度、車から降りて太一が一人になったところ、家をつきとめたファンがオートロックの中に入り玄関前で待ち伏せていたことがあった。

私がいたからって、彼の身の安全が守られるわけではないけれど。

（昨日は私が部屋に入って、彼を襲ってしまったわけだけど……）

考えれば考えるほどマネージャーとして最低だな……。

自分のしでかしたことの重大さが一段と重く感じられて胃が痛くなった。社長にバレたらクビになる。太一のファンにバレたら殺される。どうにか昨日の夕方頃にタイムスリップして、馬鹿みたいに酔う前の自分を止められないものか……。

くだらないことを考えているうちに、太一の部屋の前に着いた。

「今日もお疲れ様でした」

事務的な挨拶だけして踵《きびす》を返す。

すると、〝くんっ〟と何かが服に引っ掛かり、足を前に踏み出せなかった。

「……なに？」

引き留めていたのは太一の手。

彼の手が、私のジャケットの裾をしっかりと捕まえている。

「あがって行けば。コーヒーくらい淹《い》れるし」

「私も帰って早く寝たいから」

「そっか。そうだよな……明日も朝早いもんね」

理解したようなセリフの後も、彼はシャツの裾を離してくれない。

「……太一？」

名前を呼んでも、手を離さない。

……これは、あれか？　たった一回のエッチで味をしめてしまったのか？

もし「今夜は帰したくない」なんて、今をときめく人気タレントに言われてしまったら、私は振り切れるだろうか。

いやや、失敗を重ねるわけにはいかないし、振り切るしかないんだけど。

私はドキドキしながら「離して」と言った。

すると彼は、私の言葉に従って手を離した。

……なに？　なんでそんな真剣な顔してるの？

調子狂うんだけど！

スパダリ風な口説き文句で落としにかかってくるつもりなんだろうか。この間のドラマのセリフみたいな。あの役は私の好みどストライクだったから、あの感じでこられるとちょっと振り切れるか自信が――。

太一は言う。

照れ臭そうに伏し目がちになって。

「……しないの？」

（……乙女か！）

想像よりだいぶ女々しい誘いに、私は口を開けたまま硬直してしまった。それを〝承諾〟とでも勘違いしたのか、太一は手を握ってきて付き合いたての中学生のように照れた顔で私を見る。

「シャワーも浴びてく？」

「っあ……浴びっ、ま……せん！」

細く綺麗な手を〝ぱちーん！〟と叩き落とし、ハッとした。

玄関先でこんなやり取り、住人の誰かに見られてしまったら大問題だ。

「しっ……仕事の予定は後でメッセージ送るから、確認して。おやすみなさい」

「待って」

また手を握られる。

「こら！」

「泊まっていってほしい」


〝荻野太一が自宅で密会！　女性相手に「泊まって」とおねだり〟


……みたいな週刊誌の見出しが頭をよぎってゾッとした。

「もうっ……！」

今度はぎゅっと手を摑んで離さないので、仕方なく玄関に一歩踏み込み太一を部屋の中へと押し込んだ。人の耳が気にならない場所で彼を叱りつける。

「だからダメなんだってば！　こういうとこ見られるのは一番まずいんだって！」

「事務所的に？」

「世間的に！　自分が今超売れっ子タレントだって自覚ある？」

「……ある」

諭すと膨れっ面になりつつ、しおらしい態度になる。

生意気だけど昔から物分かりのいい良い子なのだ。そんな良い子相手に、私はやらかしてしまったんだ。悪いのは大方私なんだけど、ここは引いてもらうためにあえて叱る態度を取る。

「だったら、甘えてないでちゃんと――」

「依子さんはいいんだ?」

「……え?」

物分かりのいい良い子な、はずだ。

なんだその黒い笑い方は。そんな笑い方は教えてません。

「性欲を持て余した俺が、女性タレントを食いちらかすようなスキャンダルキングになっても」

「……なに〝スキャンダルキング〟って。くっそダサいけどそんな風に呼ばれたいの?」

「これは責任の問題だよ、依子さん」

――責任?

マネージャー職が長い私は、その言葉にとても弱い。

「……なに。〝責任〟って」

「童貞の性の扉を開いてしまった責任は重いと思うんだ」

「……えぇっ」

私、あなたを童貞のまま大人にした責任を取って、あなたの童貞をもらうことになったと思うんですが……。今度はそのことに対してまた責任を取るの？

それって終わらなくない？

「依子さん、お願い」

いつの間にか肩を掴んできていた太一に、掠《かす》れた声で切望される。

すると、昨晩耳元で囁《ささや》かれたたくさんの甘言が思い出されて――その声の熱っぽさまで思い出されてしまって、クラッときた。

「昨日からずっと考えちゃって……」

独り言のような太一の囁き。

肩を掴んでくる手に力がこもったと思うと、〝トン〟とドアに背中を押し付けられる。玄関で立ったまま追い詰められ、身長差で太一に見下ろされる。

「……キスしたい、依子さん」

言うだけ言って、返事を待ちもしない。

「ん……」

彼は吐息まじりに「キスしたい」と言って、そのまま流れるように私の唇を奪った。最初に触れたのは唇の隙間から漏れる熱い吐息。次に柔らかい唇。体温が高いせいか接近している顔までもが熱い。

唇が離れていくのに合わせて目を開けると、太一が熱っぽい目で私を見ていた。じっと、必死な目で。頬を薄っすら赤くして。

――純粋すぎるのだ。あまりにまっすぐで曇りがないから、自分が恋をされているように錯覚してしまう。

「……あの」

やめよう、と言うつもりだった。だけどそれよりも早くまた太一が私の唇を塞いだ。ちゅく……と舌が躊躇《ためら》いがちに伸びてくる。私が口を真一文字に結んで受け入れずにいると、懐柔するように唇の間をぺろぺろと舐めてきた。根負けして口を開けてしまう。

「ん、ふっ……」

鼻に抜けるような甘い声が漏れた。

太一は肩を摑んでいた手を私の後頭部に滑らせて、上から抱え込むようにキスを続ける。私は力に従って上を向くしかなくて、彼のシャツの胸ポケットのあたりを懸命にくしゃっと握っていた。

「あっ……はぁっ……」

息継ぎのために口が離れていくと〝つぅっ〟と唾液の糸が引く。いやらしいキスをしてしまったことを突きつけられる。そしてこんなキスが、気持ちいいものだと知ってしまったことが苦しい。

熱に浮かされた声が耳の中に響いた。

「……口の中、甘いね」

「……甘くない」

「甘いよ。どこもかしこも。……ベッドに行きたいんだけど、いい？」

私は葛藤した。彼の未来を憂い、自分の未来を危ぶんだ。

相手は今をときめく人気タレント。片や自分はただのマネージャー、つまり一会社員だ。立場的に事務所のタレントに手を出すなんて解雇待ったなしの重罪であり……でも、既に一回関係を持ってしまったという事実がある。

成熟した彼の色香は半端なく、誘惑されて狼狽《ろうばい》。

いろんなものを秤《はかり》にかけた。

結果、わけがわからなくなって秤ごと投げだした。

「……好きにすれば！」

「ありがとう！　好きにする……！」

藤枝依子は、二度目の過ちを犯した（ちょろい）。


一度目はお酒のせいにして有耶無耶にできたかもしれない過ちでも、二度繰り返せばそれはもう〝故意〟である。いくら弁解したとて「いやそれもうワザとやん？」と突っ込まれて終わり。

ワザとではありません。

ワザとではないけど。

「体には相性というものがあるらしいけど」

「……」

「それで言うと、俺らってたぶん良いほうだよね？」

ほんとによくもまあ毎回、そんな童貞らしいセリフが出てくるな！　……と突っ込みそうになって、もう童貞ではなかったんだと思い出した。童貞は私がいただいたのでした。

〝これっきり〟と言って始まった行為で私たちは合計何ラウンド手を合わせたのか。

途中から数えられなくなったくらいだからヤバイ。鍛えている彼の体力を舐めていた。

一度目の夜は不慣れだったことから休み休み行為を繰り返したけど、少しコツをつかんだ昨晩の太一はノンストップ。これまでの童貞ライフで持て余していたらしきパッションをガンガンぶつけてきて、私がへろへろになって動けなくなっても「もう一回！」と目をキラキラさせてねだってきた。

最後まできっちり付き合いきった私は、足腰が立たなくなっていた。

「……太一さぁ」

「ん……なに？」

カーテンの隙間から射す朝陽でキラキラ輝く王子様スマイル。意識せずこんな表情ができるようになったんだからすごい。すぐ傍にいるのに恋人シチュエーションのプロモーションビデオを見ている気分になる。

「私とこんなことして、まずいなって思わないの？」

「なんでまずいの？」

綺麗な目をくりっと丸くして、〝本当にわからない〟という顔で私を見た。それからベッドサイドに置いていたミネラルウォーターに手を伸ばし、喉を潤す。隆起する喉に視線を奪われた。

こうも彼が綺麗でなければ、ここまでの罪悪感は湧かなかったかもしれない。

「……〝事務所のマネージャーと寝た〟って、聞こえ方が最悪だし」

「うん？　何をそんなに気にしてるのかよくわかんないけど。そんな世間に向けて大々的に発信するわけでもないし」

それはそうだ。太一の言う通り。外には漏れないように、このことは私と太一の二人だけの秘密になる。誰に発信するわけでもない。だけど……。

懸念しているのは、それでも外に漏れてしまったときのことだ。それを太一もわからないわけではないだろうに、あっけらかんとしている。

「それに〝事務所のマネージャーと寝た〟って言い方は俺もちょっと嫌だな」

「……どういうこと？」

「だって、俺は依子さんを抱いたんだよ」

なんてことない風に言われた言葉に胸を射抜かれる。

〝俺は依子さんを抱いたんだよ〟

反芻《はんすう》して、胸の奥にずっと閉じ込めておきたい言葉だと思った。ドラマだったら今のはヒロインを陥落させる殺し文句だ。そしてキュン死させられたヒロインは、核心に触れようと質問をする。

私は今だけ、完全にヒロインの気持ちになっていた。

「太一は私のこと好きなの？」

恐れよりも先に言葉が口から出てしまった。

朝の清浄な空気の中。ベッドの上で二人は、衣服を何も纏っていない。私は掛布団で胸を隠し、太一は美しく鍛えあげた体を惜しげもなく晒《さら》して水を飲み干そうとしているところだった。

驚いた様子でペットボトルの飲み口から口を離し、唇の端から飲み切れなかった水を零している。

「……えっと」

彼は答えに困っていた。

泳いだ視線。気まずそうに頬を掻いた指。

——ああ、うん。やっぱりそうか。

私は〝わしゃわしゃっ！〟と太一の髪を掻きまわす。「わっ、何？」と慌てだした彼に顔を近付けて、カラッとした笑顔を見せた。

「だよね。だろうと思った！」

「……依子さん」

「〝好き〟とかないよねぇ！　気持ち悪いこと言うなって話よね。ごめんごめん……」

あ、やばいぞ。ちょっと泣きそう。

涙が零れないように顔を上に向ける。

太一は最初から「童貞捨てたい」しか言ってなかった。私のことを抱きたいとも言っていなければ、もちろん私を好きだなんて一言も言っていない。酔った私が、勝手に彼の童貞を奪っただけ。昨晩だって、彼にとってみれば〝一度ヤらせてくれた相手〟とまた寝ただけ。

（情けな……）

何を特別になった気でいたんだろう。

二人三脚でやってきたんだから私たちは家族も同然。だけど本当の家族ではないから、都合のいいときに男と女にもなれる。相手が私ならこじれて炎上することもないし、関係を疑われる危険性も低い。マネージャーの目線で見ても、彼が適当に遊ぶ相手として私は最適かもしれない。

だけどそれには、私が完璧に割り切れていなければ。

「私の体でよければ使ってちょうだい。胸はグラビアアイドルほど大きくないけど……」

自分にできることがあるなら割り切ろうと、自虐まじりに私が言うと、太一はなぜか少し悲しそうな顔をした。

なんでそんな顔をするの？

なんで私、こんなに胸が痛いの……。

「そんなこと言うなよ」って言う展開だと思うじゃん？　「もっと自分のこと大事にしろよ」って抱きしめてくれる展開かなってちょっと期待するじゃん？

違ったんだなこれが！

次の瞬間太一が申し訳なさそうに放った言葉は「じゃあ、早速だけどもう一回いい？」だった。

さすがにビンタした。

いや。いつまでもヒロイン気分が抜けなくて、月9展開を期待した私も悪いんだけどね。


「顔はダメだと思うな顔は……」

左の頬を擦って、口を尖らせ不満を垂れる太一。

現場に向かう社用車の中ではいつになく険悪な空気が流れている。

「だからごめんて……」

顔をやってしまったことは申し訳ないと思う。彼の商売道具に手をあげてはいけなかった。お詫びに保冷剤を買って渡した。彼はそれを受け取るなりほっぺたにくっつけて「きゃー冷たい！」なんて言って遊んでいる。

むかつく。そもそも腫れるほど強く叩いてないし！

とっさに「今日は撮影！」と思い出し、手加減してしまったくらいだ。

「依子さん、今朝の〝私の体でよければ使ってちょうだい〟っていうの、忘れないでね」

「真に受けてるきみが怖いわ……」

「俺純粋だからなんでも真に受けるよ！　迂闊《うかつ》な冗談には気をつけて！」

「純粋……？」

言葉に強烈な違和感を覚えながらハンドルを切る。純粋なほうだと思っていたけど、どうも違う気がする。

社用車を走らせ、今日は都市部からは少しはずれた場所にある撮影スタジオに向かう。アクセスの良いところはどこも埋まっていたらしい。後部座席で太一は、来週から撮影が始まるドラマの台本を読み込んでいた。

「あんまり集中して文字見たら酔うから、ほどほどにね」

「子どもじゃないんだから……」

「でも酔うでしょ。現場前に顔色が悪くなるのは困る」

「はーい……」

太一が多少の体調不良を隠すことができるとしても、相手だってプロのカメラマンだ。

長年の経験で、モデルの不調はどんなに些細《ささい》なことも見逃さない。カメラを通して見えてしまうんだとか。

今日の撮影は女性誌の表紙と、その表紙に連動した巻頭グラビアの仕事だった。ドラマの番宣で知り合った芸能ライターの人が推薦してくれて回ってきた仕事だ。結構な知名度と人気がなければこの雑誌の表紙と巻頭は飾れない。

太一の今後の売り出し方を考えても、ここ一番のパフォーマンスを発揮したいところ。

（……うっかりキスマークとかつけなくてよかった）

本当によかった。うっかり死にたくなるところだった。

目的地であるスタジオまではあと二十分ほど。集合の時間には難なく間に合いそうだ。何か気分転換になる音楽でもかけようかと思ったとき、太一が声をかけてきた。

「一生のお願いがあるんだ、依子さん」

「……え。なに？」

バックミラー越しに確認すると彼は神妙な顔をしていた。シリアス。去年出演したホラーサスペンス映画のポスターを思い出す。本人は仕上がったポスターを見てげらげら笑っていたけど、私はうまく表現された不気味さにドキドキしてしまった。

その時に似たドキドキに襲われる。

急にあらたまって何？　一生のお願い？　なんだろう。私に叶えられるようなこと？

「こんなこと、依子さんにしか話せないから……聞いてくれる？」

「もちろん」

彼が私を頼ってきたら絶対に無下にしないと決めている。

真剣な話ならば絶対に笑わないし、馬鹿にしない。

「大事な話なんだったら、今日どこかで時間取ろうか。また個室居酒屋に行く？　喫茶店のほうがいい？」

「いや、ここで」

「え、今？」

「聞いて。依子さん」

「……うん」

あんまり予想外なことを言われたら、事故ってしまいそうで怖いんだけど……。

覚悟を決めたちょうどそのとき、赤信号につかまった。

ゆっくり停車するのに合わせ、太一が口を開く。

「おもちゃに興味があるんだ」

「………うん？」

空耳かな？

自分の聴力に自信が持てず、停車中なのをいいことに後部座席を振り返る。

「いま何か言った？」

「おもちゃに興味がある。真剣に」

「それならショッピングモール寄ってあげようか。あそこ、キッズコーナーあったでしょ。童心に帰りたいときもあるもんね」

「大人への階段を駆け上りたいと思っている」

「……依子さんはドン引きです」

信号が青になり、のろのろと発進する。あと二十分この会話をするのかと思うとうんざりした。太一は運転座席にひっついてきて私の顔を覗き込む。

「使ってみちゃダメ？」

「ダメ!!」

事故るからやめてまじで！

彼の言葉が冗談ではないと早々に悟った私は、不意の接近に焦る。

まさか今持ってないよな？　いやさすがに持ってないか。仕事場に持っていって見つかっても言い訳に困るし、社用車に置いていくのも気が気じゃないだろう。

今、この場で餌食になることはない。

落ち着きを取り戻して、きっぱりとした言葉で念押しした。

「そういうものは使いません。そういう……アブノーマルなものは、ちゃんと彼女ができたときに二人で話し合って――」

「ああそう、ふーん……」

「……なんなの、今度は」

声のトーンが急に低くなる。太一はわざとらしく帽子を深く被りなおした。いじけているることを態度で示そうとしているらしい。心なしか声もいじけている。

「こんなこと依子さんにしか頼めないと思ってたのに、付き合ってくれないんだ」

「どうして私はいいと思ったの……」

「いいの？　こんな俺を野放しにして。スポーツ紙にとんでもない見出しが載るよ」

「……どんな？」

嫌な予感が半分と、興味が半分。

彼が想定している見出しとは一体……。

「〝荻野太一、人気アイドルをローター攻め！　淫行罪で逮捕！〟」

「そんな最低な見出しでほんとにいいの⁉」

「嫌だから依子さんにお願いしている」

「全部きみの勝手でしょ！　〝荻野太一、事務所のマネージャーに強制猥褻《きょうせいわいせつ》！　逮捕！〟」

「どうせ捕まるならそっちのがいいな」

目がマジだ……！

それから目的地に到着するまでの二十分、私は太一からおもちゃの何がいいのかをプレゼンされた。いかに童貞の夢が詰まっているか。それを取り入れることでどれだけの快感が得られるのか。初心者にはローターよりも電マのほうがよさそうであること。今は女性のことも考慮し、デザイン性が優れていてインテリアにもなる商品が発売されているということ。

いや、知らんし。使いませんし。

どれだけおしゃれでもインテリアにはしないでしょう……。

突っ込みたいポイントがたくさんのその話を、私は延々と聞かされた。


雑誌の撮影を終え、太一の家に帰り着いた夜。

彼は〝この時を待っていた！〟とばかりに私の体を担ぎ、リビングへと向かう。

「ちょっ……ちょっと！　さすがに三日連続なんて頭おかしっ……」

「いやー実はもう注文してあったんだ！」

「いつの間に⁉」

「今朝がた依子さんが俺の腕の中で眠っている間に。ネット通販ほんと偉大だわー。都内なら当日配送！」

なんてことをしてくれたんだネット通販！

放り落とされたのはソファの上。太一が手にしていた小さな段ボール箱をひっくり返すと、中からゴロゴロと複数の物体が出てきて床に散らばった。

ぐ、ぐろい……。

棒状の、ペンみたいに細い（でもぐにゃりと曲がる）ものや、パステルカラーで卵型の可愛い物体もあった。その中でも目立っていたのが、男性器を模していると思しき異形な形態。そこから生えているトゲや、何か意図的に追加されている突起。

太一は一体何種類のおもちゃを買ったのか。

「さあどれからいく？　依子さんの気になるやつからでいいよ」

言い方が完全に譲歩した気になっている。

私はダメって言ったのに！

「さっきからこれ見てるよね。こんなグロいやつがいいの？」

「やっ……！」

「攻めるねぇ、依子さん」

「いやっ、違う！　それは嫌ッ……！」

彼が摘まみ上げたのは一番仰々しいやつだった。太さやトゲの感じがいかにもな感じで、つい凝視してしまった物体。使用方法もよくわからない。男性器を模しているくらいだから、中に挿入して使うもの？　……いやいや！　なんか痛そう！

「うん……俺も最初からコレはちょっと抵抗あるな。もっとオーソドックスな……」

手に持っていた一番狂暴そうなものを引っ込め、床の上に転がるおもちゃの山をガチャガチャ漁る。ひとまず、息をついた。

おもちゃの使用経験はない。興味を持ったことがないわけじゃない。でも購入に至らなかったのは、小耳に挟んだ話がずっと記憶に残っていたから。

〝一度使ったらクセになってやめられなくなるらしいね〟

そんなに依存性の高いものなのかと。

性に関することだから、依存して自制が利かなくなっていく自分を想像すると怖くて手が出せなかった。私はまだ理性的な人間でいたい。

「電マあたりから始めてみる？」

「あっ！」

太一は男女の力の差で簡単に私の体をひっくり返し、開脚させた。

大きく開いた脚が震える。脚の向こうには今スイッチを入れられて振動しはじめた電気マッサージ器が見える。

あれを押し当てられたらどうなる？

想像がつくような、つかないような。

「わー。今日もまた、一段とセクシーな……」

「つあ……やめてっ」

「たぶんグショグショにしちゃうけど、ごめん」

「あうっ……」

脚を閉じようにも彼の手が邪魔をする。片手と脚の膝でしっかり固定されて、彼に向けて脚を開き続けている。まだ何もされていないのに下半身が痺《しび》れてきた。

「弱い振動から当ててみるよ」

明るい部屋で大きく脚を開かされ、実験台にされているこのシチュエーション。これだけでかなりの辱めだと思う。

彼はソファに座る私の脚の間で床に座り、手に持っていた電マをショーツの上からそっと宛がった。

「は、んんっ……！」

微弱な振動を感じ取り、一瞬でパッと離される。

（……なんでやめたんだろう）

一瞬で取り上げられたソレに拍子抜けして、太一の表情を窺う。

彼の顔は真剣そのもの。電マを使うのをやめたわけではないらしい。

すぐにまた、震える先端を肉芽に宛がわれた。触れるか触れないかのぎりぎりの線をなぞるように、そっと。

「ん！　んんっ！　はぁっ……」

またすぐに離れていく。太一は真剣な顔で、触れさせては離してを繰り返した。

回数を重ねるうちに陰部は敏感になって、触れるだけの単調な動きがどんどん気持ちよくなっていく。

「んっ！　んっ！　あ……」

「知ってた？」

「んっ……えっ……？」

「電マの使い方。ＡＶではぎゅぅっと押し付けて使ってたから、そうすると気持ちいいのかな～って想像してたんだけど」

「んやっ……」

「違うんだって。触れるか触れないか、際どいところを攻め続けるのが正解らしいよ。繰り返されるとそのうち意味わかんないくらい気持ちよくなるらしいけど、実際どう？」

「そん、なっ……ふあぁっ……」

「……聞くまでもないか。さっきから聞いたことない甘い声あげまくってるし」

〝ちょっと妬けるな〟とつぶやいて、太一は電マの位置を変えた。

「はっ、えっ……？　なに……」

「今度は胸」

「んんんッ！」

宣言されると同時に、服の上から突起に振動をくっつけられる。ぶるぶる強い揺れが左胸の先端を刺激する。体から力が抜けた。

「わー……よっぽど気持ちいいんだ、今の反応」

「も、やめっ……」

「これ使いながらだったら、大人な依子さんをひんひん言わせるセックスができるかな？」

彼はまたよくない笑い方をした。

「あっ！　あっ、あんっ……！」

逆手にクッションを摑んで悶《もだ》える。太一は電マでの絶妙な攻め方をマスターしたようで、ショーツ越しに陰核を攻めながら、口で私の胸を強く吸ってくる。

「あぁ――っ！」

「んっ、すご……さっきからイきまくってるね。こんなに連続してイけるもんなんだ」

彼が電マを手にしてから三十分以上が経った。

太一は一切自分の服を脱がず、ずっと私の体に振動を当てて楽しんでいる。

「も、っ、無理っ……」

「疲れた？」

振動から逃げるように身をよじってこくこくと頷く。〝意味わかんないくらい気持ちよくなる〟というのは本当だった。延々と繰り返されているうちに感覚がなくなっていって、そのうち攻められていた局部とはまったく関係ない場所までもが敏感になる。首筋を舐められれば全身が跳ね、耳の中をくすぐられればどこにも力が入らなくなる。

自分の体の自由が利かなくなっていくのは怖い。

「……もういいかな」

太一もさすがに満足したのか、私の体から身を起こす。

結局電マ一本でここまでやりきった。足元に落ちたいくつものおもちゃには手をつけず、最初から電マ一本だけで。

私はソファの上で丸まって、顔を隠しながら息を整え、抗議する。

「はぁっ……こんだけ、したんだからっ……」

「ん？　なに？」

「他の子には絶対、使わないでね」

さんざん私の体をいじめぬいた彼の手をきゅっと握る。

ここまでしたのだ。ちょっといい感じになったアイドルとかにほいほい使って、太一が言ってたみたいな見出しで記事が出たら困る。

「……ははっ」

私のお願いに彼は笑った。

「……どうして笑うの」

「だって今の、彼氏の浮気を心配する彼女みたいだったから」

「なにそれ……」

「ちょっと照れた」

「――えっ」

今なんて？

それを問いただすよりも早く、彼が手元のスイッチを〝強〟に変える。

「えっ、あ……ひゃぁぁぁっ！」

「あ、〝強〟でグリグリ押し当てられるのも感じる？」

「あっ！　やめっ……止めてぇっ！」

「わーえっろ……体びくびくさせて。……依子さん。思い出して三回はオカズにするわ俺」

「しらっ、しらなっ……あんっ！　あ」

「乳首もこんなにやらしく腫らして……心配だな。今更俺ので気持ちよくできるかな」

「も、っ……こんなの、やっぱりだめっ……！」

「どうして？」

そう言って彼は電マを引っ込めた。私はソファにぐったりもたれかかる。

あの刺激が永遠に続いたらと想像すると、恐ろしくてたまらない。

でもあの震える機械は、私の奥までは満たしてくれない。

「あー……挿れるのも忘れて夢中になるって、なんかおかしいね」

ズボンの中から自身を取り出し、避妊具を装着する太一。

私は達して荒くなったままの息を整えながら、目の端でその光景を見ていた。彼のモノはビクビクと脈打ち、天井を向いて猛っている。

「挿れるのは、いやっ……」

「だから、どうして？」

「んにゃっ……」

蜜口に宛がわれるだけで腰の力が抜ける。先端はふにふにしているのにゴツゴツした感じが、竿《さお》の硬さまでも想像させた。

奥に届いたら気持ちいいことを、私はもう知っている。

「物欲しそうな顔してる」

「してなっ……」

「可愛いな。……依子さん、ものすごく可愛い」

覆いかぶさってきた太一がこめかみにキスを降らせてきて、無性に照れた。

その間にもスリスリと脚の間に擦り付けられるモノの熱さに翻弄される。火傷しそうなほど熱く膨れて、痛そうですらあった。

それが自分に欲情してのことだと思うとクラクラして、自然と問いかけてしまう。

「……おもちゃ使って興奮したの？」

「うん。めちゃくちゃ興奮した。感じてる依子さんがエッチすぎて……」

〝挿れるよ〟と声をかけられ、体が緊張する。

「あーっ……」

屹立《きつりつ》した彼自身がゆっくり押し入ってくる。ソファで脚を開く私の上に乗って、背もたれに押し付けるように腰をグラインドさせて。

奥に届くと、せつないほど気持ちよかった。

「ん……ナカ、とろっとろ……」

「んっ、んっ……」

「また細かくイってるね」

「だめっ……」

「まだダメって言うんだ……もう今更でしょ。気持ちよくなったらいいのに」

「だめ。やっぱりこんなの、よくないっ……」

「じゃあなんで依子さんは俺を抱いてくれたの」

ビクッ、と自分の体が震えた。

――〝なんで〟って？

「あ……あの日は、ものすごく、酔って……」

「確かに酔ってたけど。でも本当にお酒のせいだけだったのかな」

彼は何を言っているんだろう。

下腹部では〝ずちゅっ、ぱちゅっ〟と淫猥な音が鳴り響いて、じわじわ気持ちいい波が広がっていた。蕩《とろ》けていく頭は、すぐに考えることをやめようとする。

それなのに太一は追及を止めない。

「依子さんがグダグダに酔うところなんて何度も見てきたけど、どれだけ酔っても、理性的じゃなかったところなんて見たことがない」

「あっ、あっ……」

「酔って見えてもスケジュールのこと質問したらまともに答えるし、あの日だって受け答えははっきりしてたよね。性欲に流されないくらいの理性はちゃんとあったと思うんだ。

――使わなかっただけで」

理性を使わなかっただけ。

それが意味するところは、つまり。

「依子さん、俺のこと好きでしょ」

「っ……！」

質問に息を呑《の》んだ瞬間、亀頭を最奥に押し付けられた。

自分一人では決して味わえない感覚に、声にならない声をあげてまた達した。

くたりとソファに倒れていた体を抱き起こされる。

「だって、今朝さ」

「あ、待って！　まだ、イッたばっ……」

「〝私のこと好きなの？〟って訊いたじゃん？」

「んんッ！」

「俺が答えなかったら、泣きそうな顔してた。それってなんで？」

胸にしがみついて〝止まって〟とお願いする私に、彼は願いを聞き入れず容赦なく腰を打ち付けた。ズンッ！　ズンッ！　と奥を突き上げ、私の思考をダメにする。

「は、あぁっ……！」

「答えて、依子さん……」

無茶な。こんなに滅茶苦茶されて、ちゃんと受け答えできるわけがない。

口が回らず喘ぐだけで精一杯で、頭の中だけで太一の言葉を咀嚼《そしゃく》していた。


好き？

太一のことが、好き。


そうなんだろうな、と、ぼんやりとした頭で思った。

最近の彼にいちいちときめいてしまうのは、太一の顔が整っているからだけではなくて、家族みたいに大事な存在だからでもない。

私は。

「んっ……」

たぶんいつからか、太一のことを男として見ていた。〝そんなことを思うなんて気持ち悪い〟と自分を貶《おとし》めながら、成熟していく彼の魅力に抗えずに。

でもそれを認めてしまったら、どうなる？

そんなの気持ち悪くてもう、太一は私を傍に置いておけないでしょう。信用していた相手が自分をそんな目で見ていたと知ったら、彼を傷つけるかもしれない。

そう思っていたのに、私は理性を使わなかった。酔ったフリで彼を誘い、彼が拒否しなかったのを良いことに、そのまま関係を持った。

そんな思い切ったことができたのは、なぜか。

「俺は好きだよ。依子さんのこと」

——それを、心のどこかでは期待していたからじゃないのか。

繋がったままバッと顔を上げて、彼の胸に手を置いて距離をとる。元々感じて熱くなっていた顔が茹でだこのように更に熱くなるのがわかった。

期待していたくせに、すんなりは受け入れられなくてつい否定の言葉が出る。

「……うそ！」

「なんで嘘にすんの」

「だって、山吹アザミが好っ……」

「〝俺アイドルが好きだから恋人いらないわ〟みたいな？　んなわけねーだろ」

「んっ、ん……！」

抱きすくめられてナカを激しく穿《うが》たれた。そうされると私も彼の背に手を回すしかなく、肩口に唇を押し付けて声を抑える。太一の清潔な香りと、それに混じった汗の匂いを鼻腔《びくう》いっぱいに吸い込んでしまって、気持ちが高揚する。

「依子さんが好きだよ」

耳の中を甘くくすぐる言葉は、嬉しいのに、何度聞いても信じられそうにない。

彼の体にしがみついたままきゅっと背中に爪を立て、否定する。往生際の悪い自分に嫌気がさす。でもやめられなかった。

「どうせ、違うでしょっ……んっ……ずっと一緒にいたから、勘違いしてるだけで」

「勘違いってどういう意味？」

「あッ……太一、のは……んんっ……家族みたいな〝好き〟なん、だと、思っ……」

「うん……せっかく俺が、そういうことにして押し込めてたのに」

「っあ……あぁっ……！」

「依子さんが扉開けちゃったんだけどね」

「んむっ……」

否定は優しく挫かれて、疑う言葉が止まらない唇は彼に塞がれてしまった。奥を小突かれながらの深いキスは息苦しく、喘ぐ声すら吐き出せずに彼に飲み込まれていく。

キスには愛情と欲望が混じっている気がした。口の中を味わうようなキスは、愛だけでも、欲望だけでもしない。そのどちらもがなければ。

「ぷ、はぁっ……」

口を離すと同時に酸素をいっぱい吸い込んで、口と口の間を伝った銀糸を見た。ついさっきまで自分の口の中にあった体温が取り上げられ、微かな喪失感。

太一は親指で自分の口の端から垂れた唾液を拭い、なおも腰を私の局部に押し付けてくる。まだ深く繋がろうと。

「あ、あっ……」

喘ぎすぎて掠れた声を漏らす私に言う。

「それで俺たち、もう毎日セックスして三日目になるわけだけど。自分のしたことの重大さわかってる？」

酸欠で余計に働かなくなった頭で、答えを導きだした。

「っ……事務所の、看板タレントなのに」

「違う、そこじゃない」

「あんっ！」

正解できなかったペナルティーを与えるかのように、手加減なしの一突き。もう何度も食らっているソレも、少し勢いをつけられると腰が痺れた。背中を反らして、どこにも逃すことができない快感を全身で享受する。

太一はその嘘みたいに綺麗な顔を寄せて、愛しそうに頬擦りしながら囁いた。

「童貞に快楽教えたら大変なことになるって、覚えて」

〝まあ俺以外とはもうさせないけど〟と彼が言って。

――そこからのことは、よく覚えていない。

6. 彼が芸能人になったワケ

自分が男としての彼に惹《ひ》かれつつあることには気づいていた。逆に、太一が私を憎からず大事に思ってくれていることは、ずっと前から知っていた。

彼のそれが恋愛感情だとは、俄《にわ》かには信じがたいけれど。

「はあ……」

今日もバラエティー番組の仕事。収録前のこの時間、共演者への挨拶を一通り終えた太一は今、仲の良いお笑い芸人の楽屋に遊びに行っている。

私は一人取り残された楽屋で畳に座り、備え付けのポットで緑茶を飲んでひと息。もとい、ため息ばかりついている。

——電マ地獄に遭ったあの夜から三日が経った。その間は彼を家まで送り届けても断固として誘いを拒否し、ダッシュで自宅に逃げ帰る日々が続いている。

また襲われたらかなわないというのも、勿論《もちろん》ある。だけど一番問題なのは太一の態度。ソファの上でさんざん「好き」と囁きながら私を犯した彼は、翌朝目覚めた時にケロっとした顔で言ったのだ。

〝俺たち、ちゃんと付き合わない？〟

待て待て待て、と思った私は一瞬だけ間を置いて、頭を抱えてこう叫んだ。

〝だっ…………ダメに決まってんでしょぉぉぉぉぉ！〟

社長になんて説明するんだよ‼

太一が何食わぬ顔で「俺たち付き合いはじめました♡」と社長にゲロってしまう場面を思い浮かべてゾッとした。

……クビだ！　私なら私を速攻でクビにする‼

「こっ……ころしてくれぇ……」

情けない独り言を漏らして、テーブルの上に伏した。

「なに物騒なことぶつぶつ言ってんの」

急に声がして飛び上がった。勢いよく背後を振り返ると、そろりと楽屋の扉を開けていた太一と目が合う。

心拍数が上がっていく。二人きりはまずい。今まで二人きりになることは常だったけど、今はまずい。私も気持ちの整理がついてない。

意味深な間ができる前に慌てて声をあげた。

「はっ……早かったね！　もっとギリギリまであっちにいるかと……」

「ああ、うん。せっかく依子さんと二人になれるタイミングだし」

さらりと甘い言葉を吐いて私の隣に腰を下ろす。

何を言っているんだこの子は。今更私にそんなこと言って恥ずかしくないのか？

太一が私を〝好き〟だと言ってきたことについては、正直まだ疑っている。「家族みたいな〝好き〟と勘違いしているんじゃないの？」と訊くと、それは違うと言っていた。

それなら、私と体を重ねてしまったものだから〝自分は前から依子さんを好きだったんだ〟と無理やり説明をつけようとしているんじゃないのか。

（ありうる……）

だとしたら、やっぱり悪いのは私なんだけど。

私は隣に座ってきた彼に対して、反発する磁石のように座る位置をずらした。しかし開いた距離の分以上に太一が近づいて、〝ふっ〟と耳の中に息を吹き込んでくる。

「うひゃぁっ……」

不意を突いたその攻撃にへなっと力が抜け、畳の上で崩れた。太一は面白そうに笑う。

「意識しすぎじゃない？　そんなに警戒せんでも」

「だって……！」

お前が隙あらば襲おうとしてくるからだろうが！　……と言えば、その瞬間に襲われそうな気がしたので口の中に留める。若者の突拍子のなさを侮ってはいけない。いくら警戒しても警戒しすぎなんてことはないのだ。

息を吹き込まれて力が抜けてしまった体を立て直す。

太一は甘えるように肩に顎を乗せてくる。シャンプーの良い香りがした。

「〝ころしてくれぇ〟ってなに？　ベッドの上でってこと？」

「は……？」

「この間の依子さん、可愛かったなぁ……。俺にしがみついて〝死んじゃうっ、死んじゃう！〟って」

「っ……！」

あまりの羞恥心に、怒る言葉も出なかった。

太一に与えられたこの部屋は個室だ。だけどすぐ外はスタッフが往来する廊下になっていて、機材搬入の台車を転がす音や、確認を取り合うスタッフたちの声が忙しなく響いている。つまり、ここの楽屋の壁はそこまで厚くない。

こんなちょっとした話し声まで筒抜けということはないんだろうけど……でも！

「……やめてよそんなことっ……」

やっとのこと声が出てきたと思ったら、か細い声しか出てこなかった。思い出して一気に恥ずかしくなってしまったせいだ。

あの夜、気持ちを打ち明けた太一はリミッターがはずれたのか、気が済むまで「好き」

と私の耳の中に注ぎこみ、同じだけ自らの欲望を私の中に吐き出した。最終的に避妊具が底を尽きそうになるギリギリまで、太一は私を長く愛した。

恋人みたいだった……という感想は、自惚《うぬぼ》れているだろうか。溺れそうなほど甘い言葉を浴びせられながら体を愛されるのは初めてで、思い出すと頭が沸騰してぼーっとする。

あんなに気持ちいいのは怖い。今度こそ本当に理性をなくして、互いの体を貪り合う獣になるところだった。

自分の痴態を思い出し、恥じ入り、膝の上できゅっと拳を握ってうつむく。

すると、あの夜の行為を思い出していたのは私だけではなかったようで。

「あ」

「……〝あ〟?」

声をあげた太一のほうを向く。依然として肩の上に顎を載せてきていた太一は、言いにくそうに私の顔を見た。なぜか申し訳なさそうにしている顔が、ちょっとだけ可愛い。

「依子さん、ごめん」

「え」

なんで謝るの？

理解できずに数秒、見つめ合った。

太一はすっと視線をそらして、視線は彼自身の下半身へと……。

嫌な予感がした。

「勃っちゃった……」

「………今⁉」

もうあとちょっとで本番の、この状況で？

「待って！〝勃っちゃた〟とか言われても……！」

「こんな状態で人前には出れない」

「や、でも」

「依子さんと話しててこうなったんだけど」

「でもっ……」

「責任感じない？」

この男は、責任と言えば私が動くと思っている。畳の上で脚を崩して座る私に目一杯顔を近付けて、至近距離で訴えかけてくる。

逃げ場を与えないようにそうしていることを、遅れて理解した。

「……責任、なんて……」

太一が勝手に反応したんだから私のせいなわけがない。だけど……確かに、こんな状態で本番に出るのはまずい。彼の股間部分ははっきりと盛り上がり、ジーンズがキツそうだった。

みんなここを注視することなんてないだろうし、収録は切り抜けられるか？　そのうち萎えるだろう。……でも、たとえば拡大画像をネットで取り上げられたら？　今は時間を遡って再生できる機械もある時代だ。画像はいつまでも残ってしまうし、それはさすがに可哀想な気が……。

悶々《もんもん》と悩んでいるうちに本番の時間は刻一刻と迫ってくる。

私は彼の胸に手を突いて、押し離す。

「いや……いやいや。冷静に考えて、それを私が処理するのは、やっぱりおかし……」

「俺が変態タレント扱いされて炎上くらってもいいんだ」

「……よくないけどさ！」

私にどうしろってんだ！　……処理しろって言ってるのか！

言われていることは明快だった。ただ簡単に受け入れられる内容じゃなかっただけで。

「お願い、依子さん」

「……信じられない……！」

いつもと同じトーンでお願いしてくる太一。ここで要求に応えてしまったら私の中で何かが終わってしまう。しかし本番の時間はすぐそこ。萎えれば万事解決なのだけど、若いせいか彼のソレはまったく萎えなかった。

「早く、依子さん。はち切れそうで痛い……」

「……やだっ……」

苦しそうに懇願する太一と、泣きそうな顔で首を横に振る私。

「こんな所で口でとか、嫌っ……」

「口でしろなんて言ってない」

「え？」

違うの？

……違うの⁉

自分の先走った考えが恥ずかしくて死にそうになる。

私がショックを受けているのにも構わず、太一は私を抱き寄せた。その力に従って畳の上で彼にしなだれかかる体勢になる。

太一は私の手にジーンズ越しの自身を触らせると、耳に唇をくっつけてボソッと囁く。

「依子さんの手で扱《しご》いて。……お願い」

ぶわっ！　と全身がざわめく。顔が熱くなる。

艶っぽい声のお願いに、私は確かに欲情してしまった。

しなだれかかった彼の胸から見上げ、じっと見つめ合う。困った顔で見つめたつもりだが、太一は私よりも更に困った顔で、せつなそうに息を漏らして見つめ返してくる。

そこに冗談の色はなく、本当に苦しそうだ。

私はうつむいて、彼のモノを確認する。ジーンズの上に置いた手のひらにドクドクと脈動を感じる。それはどう考えても、しばらく治まりそうにない。

「……」

〝わかった〟とも〝嫌〟とも言わず、彼のジーンズのボタンをはずす。慎重な手つきでジッパーを下ろし、前を寛《くつろ》げると、屹立したモノがぼろんと零れ出てきた。

まじまじと見つめる。

本番前に、よくもまあこれだけ大きく……。

「握って」

私の頭を片手で抱いた彼は、薄く目を開けてさっきよりも苦しそうにしている。

（……余計に興奮してない？）

すぐ外に人の存在を感じる場所でこんなことをしていると思うと、私まで心臓がドクドクと痛いくらいに鳴りだした。

あまり意識を外に向けすぎないように気をつけながら、ボクサーパンツから取り出した生身の彼に触れる。

「……っ」

触れた瞬間、太一が呼吸を詰まらせた。

彼が感じた瞬間が、しっかりわかってしまって恥ずかしかった。

早く出してもらって終わらせよう。先端を親指で弄りながら全体を大きく扱く。前はこれで気持ちよさそうにしていたから、きっとここが彼の気持ちいいポイントなんだろう。

「あっ……ああ、うん。いいッ……依子さんの手、気持ちいいっ……」

くしゃっと私の頭を抱いて、ぼそぼそと快感を打ち明ける。

名前を呼ぶのはやめてほしい。イケナイことをしているのは他でもない自分だと、後ろめたくなってしまうから。

「太一……頭を抱かれてると、やりにくいんだけど」

抱き寄せられて顔を太一の肩に擦りつけている状態。これでは触っている手元も確認できないし、可動域が狭くなって手を上下に動かすことも難しい。

「ごめん、でも、なんか……なんか、無理っ……」

こみ上げてくる快感でダメになっている太一の声に、私までぞわぞわと気持ちよくなる。

息を荒くして私の頭を掻き抱き、気持ちよさそうに喘ぐ太一は異常なまでに艶《なま》めかしい。

なにこれ。なんだか、見ちゃいけないものを見ている気分になる。

「依子さんっ……っ、依子さんッ……」

「っ、名前呼ぶのやめて。……早くイッて！」

さっきから一生懸命右手を動かしているのに、彼はなかなか射精しない。手の中でどんどん膨張し、熱を持って、痛そうなくらいに腫れ上がっているのに。

先端からは透明な液体が零れ出ていた。息も荒い。

なのにイかない。

「ごめん……っは……あと、ちょっとなんだけど」

「もうっ……」

「もうちょっとだけ興奮したらイけるかも」

それはどういうことだ。

「胸、いじっていい？」

「え……あ、ちょっ……！」

了承なんて待たずに太一は私のシャツの中に手を突っ込んできた。ブラを少しだけずらされ、飛び出た胸の先端をカリッと引っ掻かれる。

「ひッ……！」

「依子さん。手、止めないで」

「そんな……あっ、あぁっ」

ブラからはみ出させた乳首を人さし指と中指ですりすりと何度も擦って、そうしたかと思うと今度は乳房全体を掌で包んで、揉《も》んで。

私の胸をいじり倒しながら、彼は自身に与えられる快感を貪欲に追っている。

熱い息を漏らす。

「あッ……はぁっ。ここ、舐めたいっ……」

クリクリと両方の先端をいじりながら、そんなことを言うので。

「っ……それは我慢して！」

さすがにこんなところで胸を露出させるのは憚《はばか》られた。

「ん……ボタンはずしちゃダメ？」

「ダメ！」

「こんなにコリコリになってるのに」

「むしゃぶりついて、唾液で濡らして、いっぱい吸って……今なら胸だけでイかせてあげられるかも」

「あっ……♡」

興奮した吐息をかけられながらそんなことを囁かれ、興奮を移されたみたいに私まで息が荒くなる。彼が触るせいで痛いほど敏感になった胸の尖りは、太一の熱い口内を想像して更に敏感になっていた。

彼が言うように、直接吸いつかれたらどれだけ気持ちいいか。

本当に胸だけで達してしまうかもしれない。

「も、いっ……私は、いいからっ……！」

誘惑を振り切って喚くと、太一はシャツの中から手を引き抜いて私の体を抱きしめた。

〝はっ、はぁっ〟と間隔の短い呼吸を繰り返し、気持ちよさそうに呻く。

「あーっ……イきそ……くッ、はぁっ……」

「っ……まだ……？」

「もうちょっと……あ、ッ……玉のところも触って……」

言われて、少し迷って、でもそれで早くイってくれるならと左手を下に伸ばした。

頭を抱かれているから引き続き下の様子を確認することができず、手探りで肉茎の下にある陰嚢《いんのう》を探り当てる。触れるとふにっと柔らかく湿っていて、彼は〝あっ……〟と甘い息を漏らした。左手では手のひらでころころと玉を転がすように撫でて、右手は射精を促すべく肉茎を速く上下に擦る。

「あっ、あッ……イ、く……イくっ……依子さんっ……！」

「あ、えっ……？」

最後に私の名前を呼んだかと思うと、手の中で彼が弾けた。先端の小さな穴からビュルルッ！　と白濁した液が勢いよく吹き出し、慌てて手のひらで止めたが、少しだけ顔や服にかかってしまった。

辺りに生臭い匂いが充満する。

彼はぶるぶると体を震わせながら結局全部出し切って、荒くなった呼吸を整えながら私の体を押し離した。

疲労の見える顔で私のことを見る。

「……ごめん、ちょっとかけちゃった」

そう言って、私の顎に付着した己の精液を拭う。

私はまだびっくりしていて放心状態だった。

遅れて、やっと言葉が出てくる。

「……ふ、服にかけた……！」

「ごめんって」

「どうするのこれっ……」

「洗濯したらちゃんと取れるから」

申し訳なさそうに私をなだめ、傍にあったティッシュ箱を引き寄せて三枚ほど手に取る。何よりも先に私の服に付着した汚れを拭き取り、それから私の手のひらを拭いた。最後に自身のモノを拭き取る。

その様子をつい、まじまじと見てしまう。

「……あんまり見ないで。またすぐデカくなっちゃうから」

「っ」

言われてパッと目をそらした。それは困る。

室内に漂う生臭さに、この部屋には絶対他の人間を入れちゃいけないと思った。こんなの、臭いで一発でバレてしまう。

私は傍に置いてあった自分の仕事鞄を引き寄せ、持参していた消臭スプレーを取り出す。

「わ、用意がいい……」

「うるさい」

太一に大量に振りかける。本来は飲食店で付いた匂いを消すために携帯しているものだ。断じてこんなことのために持っているわけではない。

自分にも振りかけ、ついでに部屋全体にも噴霧しておいた。どうか絶対、誰にも、気付かれませんように。私たちがしたことに勘付かれませんように。

自身の処理を済ませた太一は立ち上がってジーンズを穿きなおし、ジッパーを上げてボタンを留める。

そしてティッシュをもう二枚取り、行為のせいでかいてしまった汗を押さえる。

「依子さん、ごめん。ウェットティッシュある？」

「……ある」

鞄の中から取り出して手渡すと、太一は先ほどまでの疲労が嘘のようにテキパキと身だしなみを整え始めた。時間にしてほんの数十秒。気まずくて目をそらしていた私が次に視線を彼に向ける頃にはもう、テレビや雑誌でおなじみのタレント・荻野太一の姿があった。

涼しい顔で、コリをほぐすように首を回している。

「はぁ……すっきりした」

どつきまわしたい。

「……あのさぁ」

呆れた私は、消臭スプレーとウェットティッシュを鞄に仕舞いながら彼に尋ねた。

太一は私のことを好きだと言っていた。それをそのまま鵜《う》呑みにすることはできないし、彼の思惑も摑めないところがたくさんある。そのうちの一つを聞き出そうと。

「私と、こういうことするじゃない」

「うん？　こういうことって？」

「自分の家で抱いたり、こんな楽屋で触らせたり」

「したね。それが？」

「ファンに悪いとは思わないの？」

目を見て尋ねることができなかった。

視線を伏せてしまったのは、自分に対して〝お前が言うな〟と反省する気持ちもあるから。マネージャーという近しい立場を利用して、彼に触れてしまった私だって同罪だ。

太一はその辺をどう考えているんだろうと、疑問に思っていた。

彼は自分の鞄の中から今日の収録の企画書を取り出し、内容の最終確認をしながら私に返事をする。

「申し訳ないとかいう気持ちは、正直あんまり無いかな。自分の仕事はただ夢を売るだけで、それ以上でもそれ以下でもないと思ってる」

「夢を売るだけ……」

太一の声は淡々としていた。

「ファンの人はみんな、芸能人としての俺を好いてくれてるだけだから」

「……」

「だから、その気持ちに胡坐《あぐら》をかかないように気をつけて、夢を与えられるよう粛々と努力するだけなんだと思う。オファーがあった仕事に対して最高のパフォーマンスを発揮して、常に期待の少し上をいけるようにって……最近はそんな風に考えてるんだけど、間違ってるかな」

「……いや。間違ってはないと思う」

太一の思考は整理されている。自分とファンの間にある関係性も、自分が仕事で成すべきことも明確にしていて、それは私とこんな関係になったところでブレるものではないようだ。

意外に大人になっていることに感動したし、置いてけぼりを食らったような寂しさもある。だけど一番心に引っ掛かったのは、また新たに湧き上がってきた疑問。

少しドライにも感じられる太一の仕事観。そもそもの問題として、彼は……。

「………太一は、今の仕事好き？」

尋ねると一瞬だけ沈黙が生まれた。変な沈黙だった。

太一が今何を考えているのか、想像がつくようで全然つかない。何か少しでも感情を読み取れないかと彼に目を向けると、そのタイミングで太一は企画書から顔を上げ、くしゃっと笑う。

「なんでそんなこと聞くのさ」

——私が連れてきてしまったから。

私が太一を見つけだし、その手を芸能界《こっち》に引っ張ってきた。

『荻野さん、本番お願いしまーす！』

ドアの向こうからスタッフの声がして、ビクッと体を震わせた。太一は動じるでもなく「時間かー」と気の抜けた声を出す。

肝が据わっているというか、怖いもの知らずというか……。

彼は最後に衣装を簡単に整え、ぽんと私の肩を叩く。

そして耳元でこう囁いてきた。

「今日もご褒美たくさん期待してます。今晩は三回は抱きたいです」

「……馬鹿か！」

太一を叩こうとした手はするりとかわされて、空振りした私はよろめく。

太一はその間に楽屋を出ていってしまった。

「もうっ……もう！」

なんで彼の自慰なんて手伝ってしまったかな。

一人になって急に自分の失態を強く自覚し、頭を抱えて悶絶した。完全に太一の術中にはまっている気がする。こんなことでどうする！　こんなことで、もし彼が芸能活動を続けられない事態になってしまったら……。

そこまで考えて、ふとさっきの会話を思い出した。「今の仕事好き？」という質問に、彼は明確な返事をくれなかった。……続けられなくなっても別に構わないと、彼は思っているんだろうか。

（……わからないなぁ）

ずっと一緒にいたのに、意外とわからないことばっかり。

私が彼を芸能の世界に連れてきてしまった。スカウトした当時の彼はただのアイドルファンで、〝自分が芸能界に〟なんてことは考えてないっぽかった。

じゃあどうして、見ず知らずの私の誘いに乗ってくれたの？

「…………わからない」

わからないことばっかりだ。

7. 〝憧れのアイドル〟の生還

結局、収録の後に太一を自宅まで送り届けた私は、その晩彼にきっちり三回食べられた。一度昼間に出したのによく夜もヤる気になったな……と呆れていると、「俺、依子さんだったら何回でも勃つよ！」とキラキラした笑顔で言われた。そう言われて喜ぶとでも思っているのか。ファンが聞いたら卒倒しそうなセリフに眩暈《めまい》がした。

何度体を重ねたところで、まさか〝付き合う〟なんて思いきれるはずもなく、なあなあの関係が続いたある日。

私は社長から呼び出しを受けた。

（やばい……）

この日、太一は久しぶりの終日オフ。本当なら私も合わせて休みを取ってゆっくりしたかったが、呼び出しを受けてやむなく出社。花菱プロダクションの自社ビル、十六階の社長室に向かう足取りは鉛のように重かった。

ついに太一との関係がバレてしまったのかも……。

私が忙しいことを考慮して、社長はだいたいの連絡を電話で済ませてくれていた。それをわざわざ呼び出しとは、よっぽど重大な話に違いない。

（……なんでバレたんだろう⁉）

やっぱり、連日彼のマンションに入っていったマネが出てこないとか、タレコミがあったんだろうか。クビにされても文句は言えない……と覚悟を決めつつ、それで済む問題でもないよなぁと頭を抱えつつ、社長室の扉を叩いた。

「藤枝です」

「ああ、入りなさい」

聞き慣れた低音ボイスに入室を許可されたことを確認して、重厚な扉を開ける。

思えば太一の活動が軌道に乗ってから、彼の活躍の多さに比例して他の所属タレントのメディア露出も増えた。昔は少し殺風景だった事務所も、今では扉も重厚で、暖かみのある木材の家具などが置かれて格式高くなっている。

部屋の中にいるこの事務所の社長、花菱さんだけは昔から変わらない。間もなく還暦だというのに、それを感じさせない若々しい顔。まっすぐに伸びた背筋。物腰の柔らかそうな雰囲気と風格のあるブランドもののスーツ。がっしりした肩のラインと、すっきり絞られたウエストラインがまるで英国紳士みたい。

元々自身も俳優をやっていた花菱さんは、当時の面影を残した所謂《いわゆる》イケオジ。

「悪いね。忙しいところ呼び出して」

花菱さんは既に私と話す準備をして、応接テーブルについていた。

私は「失礼します」と一礼し、テーブルを挟んで彼の向かいに腰かける。

「いえ。最近メールと電話でのご報告ばかりですみませんでした」

「そんなのまったく構わんよ。それだけ忙しく働いてくれている証拠だろう。まさか藤枝がマネージャーとしてここまで優秀になるとは思わなかったけどな」

ニコニコとした笑顔に〝ウッ〟と居た堪れない気持ちになる。胃が痛い。

……これはもしかして、全部バレてて、嫌味を言われている？　それとも純粋に褒められてる？　どっちだ？

「うまくマネジメントできてるみたいじゃないか。荻野くんは随分忙しそうだが、前にも増して精が出てるね。表情もいい」

「はあ……ありがとうございます」

褒められている、ような気がする。それにうちの社長は遠回しに嫌味を言うタイプの人ではないし。

怒られるのでないならば、こうしてわざわざ呼び出された理由はなんだろう。

早くはっきりさせたくて自分から話題を振った。

「今日はどうかされたんですか？」

「うん。ちょっと先に藤枝に話を入れておいたほうがいいかと思って」

花菱さんは長い脚を組み、ティーカップに口を付ける。

「荻野くんがＭＣを任されてる番組があるだろう。冬の音楽祭の」

「ああ、あの若手アイドルと一緒に進行するやつですね。荻野も自分がメインで進行するのは初めてだから緊張してました」

「それなら更に緊張させちゃうかもしれないなぁ」

「……更に？」

どういうことだろう。今の彼を更に緊張させる……ということは、かなりの大物ゲストがブッキングされたんだろうか？　ゲストについてはまだ調整中だと聞いている。話が見えず、私も紅茶に口を付けて話の続きを待った。

「〝山吹アザミ〟」

「――え？」

覚えのある名前に、心臓がドクンと脈打つ。

ゆっくりと顔を上げる。

その名前が出てくるのは完全に予想外で、うろたえる気持ちが表に出てしまった。

「……ご冗談を。彼女はもう随分前に引退したはずです」

「そうなんだけどな。お子さんももうだいぶ大きくなったから。本人の希望で、前にいた事務所とはまた別のところから再出発することになって……実はそれが、私が懇意にしている社長のところなんだけどね」

「再出発……」

「ちょうどいいかと思ったんだ。山吹アザミの復帰後初出演は話題になるから、視聴率も上がるだろう。ＭＣが荻野くんだったら変な絡みもなくて安心だろうし」

……安心？

さっきから、不安ばかりが心に募っていて、社長の言葉にはまるで同意できなかった。

そりゃあなたは、太一に任せればすべて安心だと思っているかもしれない。でも私は。

太一が、憧れの山吹アザミに出会えてしまったら……。

「きみから伝えておいてくれないかな、荻野くんに」

「……承知しました」

ここで〝嫌です〟と言うのも変だし、そもそも仕事なんだから拒否権はない。

だけど私は困っていた。これ、ほんとに私から太一に伝えるの？　うまく言えるだろうか。今、シミュレーションすらしたくないほど、嫌だと思っている私がいる。

そういう気持ちを目敏く見抜くように、花菱さんは私の目を見た。視線が絡む。

「藤枝は、山吹アザミが嫌いか？」

花菱さんに悪意はなく、かといって申し訳なさそうな感じもない。

腹を探ってくる目線から逃げるように、私は目を伏せる。

「好きでも嫌いでもありません」

「そうか」

山吹アザミのことは、本当に好きでも嫌いでもない。私がまだアイドルだった頃、後発のアイドルグループの一人として出てきた彼女は、当時の私とよく似た路線で売り出していた。〝可愛い〟推しのアイドルではなく、どちらかというと〝クラスにいる大人っぽい同級生〟あたりのポジションを狙う、大人ウケのいい路線。

当然、事務所はキャラが被れば人気を取られてしまうのではないかと危惧した。だけど結局そんなことは問題じゃなかった。人気競争が激化するよりも前に私は芸能界を干され、山吹アザミはプロデューサーと寝て成功を収めた。

彼女のことを最低だとは思わない。昔に太一とも話したように、彼女の〝芸能界で生き残る〟ことに対する熱量だけは否定できないと思っている。

だから好きでも嫌いでもない。

ただ、彼女の引退を知って高校生の太一が泣いていたから、純粋に羨ましいという感情だけは持っていた。枕営業をしたならしたなりの苦労があっただろう。それでも彼女は、引退を泣いて惜しんでもらえる幸せなアイドルだった。

人知れずフェードアウトしていった私とは違う。

（……あ。そっか）

気付いてしまった。

太一が今の仕事を続けているモチベーション。高校生だった彼が見ず知らずの私の誘いに乗った理由。芸能人になることを選んだ動機。

芸能界に入って地位を高めていけば、憧れの人にだって会えるかもしれない。

それがまさに今叶いそうなんだ。

（そういうことかぁ……）

それなら、彼を芸能界に連れてきたのは私じゃなくて、山吹アザミってことになるのか。なんだ。そっか。〝私が連れてきた〟なんて責任を感じることすら、ほんとはおこがましかったのかもしれないね。

花菱さんの用件は山吹アザミに関することだけだった。彼女の復帰はまだ業界内でも極秘事項とのことで、情報の漏洩《ろうえい》がないようにわざわざ今日呼び出されたとのことだ。

（私の貴重な休みを……！）

これだけが用事なら、今日はもう家に帰ってゆっくりしようと帰りの準備を整えたとき。社用のスマホに太一からメッセージが届いていた。

〝SOS〟

「……は？」

ぎょっとしてスマホの画面を睨《にら》む。よく見るとメッセージはまだ下に続いていて、スクロールすると絵文字が出てきた。

マスクをしている病人の顔と、その横にはこんもり盛られたご飯。

そして、アイスクリーム。

（……ダウンしたから買ってこいってか！）

すぐ通話履歴から太一の番号を見つけだし、発信。

電話は3コール目が鳴り終わる前に繋がった。

『……もしもし。依子さん？』

〝ゼェゼェ〟としんどそうな呼吸が聞こえてきて、がっくりと肩を落とす。自分の額に手を当てうなだれた。

「なんっっなの、そのだるそうな声は！」

『ごめん熱出た……』

申告されると同時に頭の中で向こう三日間のスケジュールを描く。

共演者がいる番組の収録は先には伸ばせない。雑誌のインタビューは締め切りを聞いて、ずらせないか交渉の余地はある。番宣は同じ事務所の共演者と交代できて局にも了承がもらえそうならそれで……。

「解熱剤はあったよね」

『ある。けど食糧がない……』

「すぐ買って行く。雑炊にするわ」

『依子さん、アイスも』

ここぞとばかりに甘えてきたので途中で通話を切った。

うがいも手洗いも徹底しろって言ったのに！　絶対さぼったな！　と憤りつつ。最近休みをうまく作れなかったから、疲れが祟《たた》ったのかなとも、ちょっと反省して。

結局私はアイスも買っていくことにした。

彼のマンションに辿り着く。家に行くことは伝えてあったのでインターフォンは鳴らさず、渡されている合鍵で彼の部屋まで。雑炊の用意とスポーツドリンク、しばらくの食糧とアイスの入った袋を両手に提げていった。

鍵を開けて部屋に入ると、気配を感じ取った太一が廊下に這い出てきた。寝間着のスウェット姿のままで、額には冷却シートを貼っている。

「申し訳ない。依子さんも今日休みだったよね……」

「いいから起きてこないで、ベッドにいて。熱は測った？」

「三十七度九分」

「わぁ……平熱低いのにそんな高熱出して」

自分も平熱が低いほうだからよくわかる。高熱を出すと平均的な体温の人よりもしんどくなってしまう。目が回っているらしい太一を再びベッドに寝かせ、雑炊の準備に取り掛かる。

こんなことも一度や二度ではなかった。七年も一緒の時間を過ごしていれば、体調を崩すこともある。そういうとき太一は卵雑炊を食べたがって、一緒に冷たいアイスも欲しがる。他の人はたぶん知らない。

そう考えると、自分は太一のことをよく知っているような気分になる。でも違うのだ。そういうことも大事だけど、もっと内側の本質的な部分を、私はたぶんまだよく知らない。

太一の部屋はだだっ広いワンルーム。ベッドとキッチンの間には距離があるものの、会話はできる程度の距離感。太一は一人でいるのがつまらなかったのか、布団から顔を覗かせてひっきりなしに話しかけてくる。

「依子さんスーツ姿だけど、もしかして出勤？　休みじゃなかったの」

ぐつぐつと煮える鍋の中の雑炊から目を離さず、私は答える。

「休みのはずだったんだけど、花菱さんに呼び出されたの。だから仕方なく」

「呼び出し？　俺なんかした？」

あ。しまった。

花菱さんの用件に話題が近づき、まだ心の準備ができていなかった私は焦る。なんとか話題をそらせないものか。

「〝なんかした？〟じゃないでしょ。心あたりがありすぎて、どれだかわかんないくらいなんじゃない？」

「まさか依子さんとのことを怒られるわけもないし」

「なんでそんな自信満々なの……」

バレないとでも思っているんだろうか。こういうのって、高を括《くく》っているときが一番危ない。

高熱に悩まされている太一は、額に自分の腕を当てながら言う。

「それに、最初に〝なんかした〟のは依子さんだしね」

思わぬカウンターに凍り付いた。確かに。最初になんかしたのは私のほうだ。腹立たしいけど話題をそらせたからよしとしよう……。

そうこうしているうちに卵雑炊が完成した。お盆に一人用の小鍋とれんげを載せ、ベッドまで。そこで食べるかと思ったけど、「いい、テーブルんとこで座って食べる」と言って、彼はベッドから出てきた。

「いただきます」

行儀よく手を合わせ、れんげで卵の大きな塊を割る。私がペットボトルのお茶をコップに注いでテーブルに置くと彼は「ありがとう」と言った。

「どういたしまして」

言いながら私も、太一の向かいに腰かけた。食べる姿をじっと見つめる。いつもと雰囲気の違う弱った彼が、黙々と私の雑炊を食している。

てっきり「あーんして」とか言ってくるかと思ったけど、それもないから本当に弱っているんだろう。早く連絡をくれてよかった。

見つめていると太一の手が止まった。その様子を私がぼーっと見つめていると、彼は不機嫌な顔でこっちを見た。

「……そんなに見られてると食べにくいんだけど」

「え？　ああ、ごめん。よく食べるなぁと思って……」

「朝から何も食べてなくて腹減ってたんだよ」

「太一、空腹に弱いもんね」

「それに、依子さんの雑炊がめちゃくちゃ美味《うま》いせいだ」

「それはよかった」

嬉しくなって、頬杖をつきながら彼を見つめ続けた。

最後にこんな風に雑炊を作ってあげたのはいつだったかな……。過去に思いを馳せて、たしか、太一がまだ大学生のときだと思い出した。卒業がかかった試験と映画の撮影が被って、テンパりながらすべてを乗り越えた彼は熱を出してしまった。

結果的に大学も無事卒業し、映画のほうも助演男優賞をもらったのだから、たいしたものだと思う。

私の視線を諦めたらしい太一はまた黙々と雑炊を食べていた。かと思えば、思い出したように顔を上げてこっちを見た。

ごはん粒が口の端についている。

「なに？」

「こうやって雑炊作ってもらったことって、何度かあるじゃん」

「うん、あるね」

「俺、たまにどうしても依子さんの雑炊食べたいときは、仮病つかって熱出したフリしてた」

「うん」

「……怒んないんだね？」

「うん。知ってたからね」

太一の目が丸くなる。その顔が一瞬、子どもみたいにあどけなくなって可愛いと思った。

「知ってたってことは、知らなかった」

「最初はしんどいフリしてても、雑炊食べたらすぐ元気になるんだもん。バレバレだよ」

言いながら、客観的に自分を見て〝何をわかったようなことを〟と思ってしまう。わかるのはどうでもいいようなことだけ。なんでもお見通しとはとても言えない。

綺麗に平らげられた鍋をお盆の上にさげ、代わりに水と薬を目の前に置く。

「飲んだらしっかり寝てね」

「依子さんは？」

「洗い物して、しばらくしたら帰る」

「しばらくってどのくらい？」

早く帰ったほうがいいのかな？　と思ったけど、見つめてくる目は捨て犬のようで、まだここにいてほしいことが伝わってきた。仕事道具を一式持ってきていることを思い出して、慎重に返事をする。

「……仕事しててもいいなら、夜まで」

「わかった。ありがとう」

ふにゃっと笑って、太一はベッドの中に戻っていった。

私が洗い物をしている間に太一はすっかり静かになって、食器を拭き終えてベッドを覗くと、彼は眠りこけていた。洗い物で冷えた手で額に触れると、聞いていたほどの高熱はもうなさそう。薬が効いてきたんだとひと安心。この分なら明日からの仕事に支障はないかもしれない。でも、大事を取って先延ばしができるものは延ばしておこう。

「……はあ」

彼の額を撫でながらついため息が出る。

山吹アザミとの共演の話を、一体いつ彼に伝えればいいんだろう。あるいは風邪で弱っているこのタイミングで伝えれば、彼は嬉しさのあまり全快するのかもしれないけれど。

その場に座り込んでベッドに肘を突き、寝顔をしっかりと見つめる。熱の引いたらしい寝顔は涼しげで、今をときめく人気タレントのオフショットって感じだ。

誰にも見せたくない。

「……憧れの人に会えるってなったら、やっぱり嬉しいよねぇ……」

太一が言うには、芸能人とファンの間でやり取りするのは〝夢〟だけ。彼の価値観では、ファンにとってタレントは本気の恋の対象にはなりえないとのことだった。

だけどそれは相手が手の届かない存在であることを前提としたときの話。数多いる彼のファンにとって、太一が触れられない存在であるのと同じように、彼もまた、山吹アザミは遠い存在で触れることが叶わなかった。

——でも、会えてしまうとわかったら？

山吹アザミは結婚していて、子どももいる。でもそういう関係になる可能性がゼロではない。生身の存在を近くに感じて言葉を交わすことができたら、憧れはただの憧れではなくなってしまうかも。そしたら……私に向けられている分の〝好き〟も山吹アザミに取られてしまいそうで。

「……なんでそんなにアザミが好きなの？」

問いかけても健やかな寝息が返ってくるだけ。

先日のみぽりんのラジオ番組では、山吹アザミの事を彼の初恋だと話していた。引退を知って泣いていたくらいだから、よっぽど好きだったんだろう。……どうして？

よくよく考えると、なぜ彼がそこまで彼女に心を傾けているのか、理由を知らないなと思った。っていうか、太一が自分から山吹アザミを話題に出すことって、最近ではほとんどない。学生の頃はイチ押しのライブＤＶＤとか写真集を教えてくれた気もするけど（それを私はちゃんと聞いてなかったけど）最近は本当にさっぱり。

もしかして、とっくに飽きてるんじゃ……？

「あ」

彼の山吹アザミに対する想いについてぐるぐる思考を巡らせていると、私の鞄の中から振動音が聞こえた。長い。これはメッセージじゃなくて着信だ。

慌ててベッドのそばから立ち上がり、スマホを確認する。さっきスケジュール調整のお願いをメールで送った雑誌の編集者からの電話だった。太一を起こさないよう廊下に出てから通話ボタンを押す。

「はい、花菱プロダクションの藤枝です。お世話になっております」

廊下でも少し声が響くかも。自分の声の反響を確認して、やっぱり外に出て話そうと玄関を目指す。その間も会話を繋ぐ。

「もうほんと、すみません！　どうしても番組の企画変更で、当日は時間が押してしまいそうで――」

〝太一が風邪だから〟とは言わない。体調管理ができないタレントだというイメージを残したくないから。企画の変更があったのは本当。真実の中にほんの少しだけ嘘を混ぜて、彼のイメージを守る。こんなの朝メシ前だ。

玄関に辿り着き、パンプスに足を入れようとした。

その時、熱い体温に後ろから体を覆われる。

「っ」

驚いて、受け答えが止まった。

思わずスマホを顔から離し、後ろを振り返る。

寝ぐせのついた太一が私の体を抱きすくめていた。

ぼそっと私の耳元で囁く。

「電話、続けないと」

――何考えてんの？

〝意味がわからない〟と表情で訴えながら、まだ電話が繋がったままのスマホをそっと耳に寄せなおす。電話の向こうでは編集者が「どうかしました？」と不思議そうに尋ねてきていた。

どうしたもこうしたも。

「――いえ、なんでもありません。それで、リスケの日程なんですが……」

平静を装って会話を続ける。太一が何を考えているのかはわからない。でも今は電話の途中だ。落ち着いた声を心がけ、体に絡みついてくる太一の腕を振り払おうと身をよじる。

私の手はスマホとスケジュール帳で両手が塞がっている。

「はい、候補日をいくつか――あ、うっ」

服の上から下乳を擦られ、変な声が出る。後ろを向いて全力で首を横に振った。〝何考えてんの？〟と怒っていることは、しっかり伝えた。それでも太一の手は止まらない。

乳房の膨らみの下側から、徐々に上へとのぼってくる。大きな手のひらはあっという間にカップ全体を包み込んだ。

（もっ、もむっ………揉むな！）

決して声には出せない抗議を目で伝えるも、太一はすっかり興奮した様子。

〝ふーっ〟と熱い息を吐き、「ごめん」と小さく囁いた。バストに置いていた手を移動させ、パンツスーツの下のホックに手を伸ばしてくる。

耳からは「藤枝さん？」と、不審そうな声。

「あッ……いえ、なんでも。それなら、来週の火曜日はどうでしょう？」

何も抵抗できないうちに、パンツがすとんと床に落とされる。その次はストッキング。そして、ショーツまでも。人が通話中でろくに動けないのをいいことに、太一は廊下でどんどん私の服を剝いていく。

下半身が完全に晒されてしまって、羞恥で脚が震えた。こうなれば少しでも早く電話を終わらせようと話を畳みにかかる。

「はい、その時間に！　承知しました。では荻野にもそのように――ぁっ！」

〝にゅぷ……〟と切っ先が侵入してきて、反射的に声が出る。

（嘘でしょっ……）

危うくスマホを手から落としそうになった。目を見開いて太一の顔を振り返ると、恍惚《こうこつ》とした顔で口を動かした。音は発さずに、でも、確かに言った。

〝挿れちゃった〟

――頭おかしいんじゃないの？

罵倒したい気持ちを抑えて通話に意識を戻すと、私があげた声に編集者がびっくりしている。「大丈夫ですか？」と、こっちの状態を心配している。

今何が起きているかなんて、電話の向こうに知れてしまったら大問題だ。

私は絶対に喘がないように呼吸を落ち着けて、いたって冷静な声をつくる。

「ん……ごめんなさい。最近ちょっと、喉の調子がおかしくて。ええ……大丈夫です。風邪じゃありません。荻野には絶対に移しませんので——」

〝移してよ〟と囁いて、彼は背後からゆっくりピストンする。

（風邪なのはあんたでしょう……！）

反り返った硬い肉棒がナカを抉るように押し入ってきて、膣壁を捲《めく》り上げるように出ていく。腰から蕩けそうな快感。

私は後ろを振り返り、「やめて」と口パクで伝えた。彼は激しく動きたいのを我慢しているようで、つらそうに切羽詰まった顔で〝ふるふるっ〟と首を横に振る。

だめだ、これ。もう理性働いてないな……。

諦めて、息を殺して会話を結ぶ。あともうちょっとで通話が終わるというところで太一が腰を振り始めた。

「はいっ……はい！　……はあっ。了解です！　はい！　では、これでっ——」

耐え切れない、と焦った私はまくしたてるように通話を終えた。同時に彼は腰の動きを加速させる。パンパンパンパンッ！　と激しく肌がぶつかる音が響く。こんな音を聞かれたらもう、一発でバレてしまっていたに違いない。

〝あのマネージャー、電話の向こうでヤッてねぇ？〟

そんな噂にでもなったらどうしよう。

相手が太一だってバレたらどうしよう。

困ることばっかりだ。

今すぐ太一を叱りたいのに、通話を終えるともう我慢できなかった。

「あんっ！　あんっ！　あぁっ……」

スマホも手帳も手から落としてしまった。ガチャガチャ！　と大きな音をたてて床に散らばる。手帳に付けていたボールペンが飛び出す。スマホは、画面が割れていないだろうか？　拾い上げることも叶わず、壁に手をつき、ひたすら喘ぐ。

太一はまたシャツの中に手を突っ込んできた。一瞬でブラのホックをはずされ、締め付けから解放されてたゆんだ乳房を下から鷲掴まれる。

「あっ、やっ、揉んじゃ……やぁっ……！」

「はぁっ……すごい、依子さん。電話中はエッチな声、全然出さなかったね……」

「あっ、あたり、まえっ……ふぁぁっ……」

「普段はこんなにとろとろの声出すのに。ん……でも、逆にエッチだった。声は我慢してても、奥を突くたびにきゅぅっと締めてきて」

「んんっ♡」

両手でグニグニと双丘を揉みしだかれ、バックから激しく突かれる。体を支えるために壁に突いていた手は徐々にずるずると落ちてきて、私は太一にお尻を突き出す格好になっていた。

立ったまま水平に腰を打ち付けてくる動きと、胸の先っぽをいじめてくる指先の動き。どちらにも翻弄されてしまう。

「あんっ、あッ……なんでっ……？　なんで、こんなっ………はうっ」

「ごめん、なんかっ……欲しくなっちゃって。我慢、できなくてっ……」

一体何が彼のスイッチを入れたのか。私にはさっぱりわからなかった。

〝それでも電話中はダメでしょ！〟とか、〝そもそも安静にしてなきゃダメじゃん！〟とか、怒りたいことはたくさんある。だけど何かをまともに伝えられるような状態じゃない。

休みなく突き上げられて、口の端から唾液を零し、快楽に溺れる。

獣のような交わりに意識が飛びかけていた。

――こんなに激しく求めてくれる。

だけどこれだって、彼が山吹アザミと会えてしまったらどうなる？

不安だけが頭をよぎって、胸を締め付けられる。同時に太一が私の片脚を抱え上げ、体位が変わる。捩れるような擦れをナカに感じた後は、また激しく突かれた。

「はんっ、あぁっ……！」

「はっ……風邪、移しちゃうからっ……キスは我慢するから、このままっ……」

キスはしないのだと言われた。でも、それだと一気に体だけの関係に思えた。

〝それは嫌〟と感じた私は、壁に押し付けられていた上体をぐるりと捩って、彼のスウェットの襟首に手を伸ばした。——グイッと乱暴に引き寄せる。

「んぐっ……」

自分からキスをしていた。

熱のせいでいつも以上に熱い口内を味わう。

これ、風邪を移されてしまったらどうするんだろう。

私がダウンしたら、誰が太一のフォローをするの？

絶対に発症できないなとぼんやり思いながら、ねっとりと舌を絡めるキスをする。太一のモノは如実に反応して、ナカを押し拡げるように膨張した。

——そう。

(私にだけ欲情してればいいのよ)

山吹アザミのことなんか、ずっと忘れていればいいのに。

幼稚な嫉妬だった。

キスに興奮した太一は貪るように私の口の中を舐め回して、私たちは廊下で絡み合う。

太一がノンストップで腰を振り続けるなか、私はこっそり何度かイって、イってる間も突かれ続けて、求められるってなんて気持ちいいんだろうと思った。

こうもがむしゃらな熱情を向けられることが、私の人生であと何度あるだろう。

「あんっ……」

喘いでいても、なんだか切なかった。

こんなに切ないセックスは初めてだ。


廊下でぐちゃぐちゃに抱き潰された。終わる頃には自分の力で動けなくなっていた私は、彼の手を借りてシャワーを浴び、太一と一緒にベッドの中に入った。オフの日の夜。

明日はまたタレントとマネージャーとして、普通に仕事をする。

それがこれからもずっと続いていく。

太一に借りたパジャマは当たり前だけど太一の匂いがした。同じベッドに入っているから、もうどこもかしこも彼の匂いでいっぱいだった。

たぶん、こうして麻痺していく。鼻が彼のプライベートな香りに慣れ、続いて肌が彼の素肌の体温に慣れ、この距離を当たり前のものだと勘違いしてしまうんだ。

（怖い……）

体だけが近づきすぎた関係が急に恐ろしくなって、ベッドの中で身じろぎした。寝返りを打って太一のほうを向く。彼は私に背中を向けて横になっていた。〝風邪を移すと悪いから〟と言っていたけど……意味ある？　もう今更じゃない？

すぐ傍にいるのに背中を向けられていることに違和感があって、そっと手のひらで彼の背中を撫でてみた。背骨のゴツゴツした硬い感触を堪能する。

「……依子さん」

あ、起きてる。

彼は背中を向けたままボソッと。

「これ以上触ってきたら〝もう一回抱いて〟って意味だと解釈する」

私はそっと背中から手のひらを剝がした。

彼は「やめちゃうのかよー」と小さく笑った。

もうすっかり元気じゃない……。さては今回も仮病だったか？　と疑って、それは無いなと打ち消した。さっき子どもの頃の仮病を懺悔《ざんげ》した時、彼はとても申し訳なさそうにしていたし。

大人になる過程で、彼も自分の仕事に対してプライドを持つようになったんだろう。

（……太一は楽しいのかなぁ……）

また、疑問が頭をもたげてきた。

芸能活動には特に興味がなかった太一。それを私がスカウトして芸能界に連れてきた。彼の仕事のモチベーションは、憧れのアイドル山吹アザミ……と思っていたけど、彼は最近、アザミの話をしない。

もし山吹アザミに飽きたのだとしたら、彼は今、何をモチベーションにこの仕事をしているのか。

太一の考えていることがいまいちわからず、うつらうつらとしながら、尋ねていた。

「そういえば最近、山吹アザミの話しないよね」

一瞬、沈黙が生まれた。

もしかしてこの一瞬の間に寝た？　と思ったら、少し間を置いてから返事があった。

「どうしたの急に？」

今、何に一瞬詰まったんだろう。

「最初に会ったときは〝山吹アザミがデキ婚で引退した〟って泣いてたじゃない」

「そういうことはよく覚えてるよね……」

〝他のことは忘れっぽい〟とディスられていることはスルーして、話を続けた。

「泣くほど惜しんでた割には、あれからほとんど話題に出てこないなって。ほんとに好きだったの？」

「好きだったよ」

シンプルな言葉にチクりと胸が痛んだ。

不意に太一がベッドから体を起こし、サイドテーブルに置いていた水に手を伸ばす。

私は枕に顔をうずめ、ちらっとその様子を見た。鍛えられて引き締まった体。なで肩なのにがっちりしている。細いウエストから続く腰は少し太めで、均衡のとれた体の美しさに見入ってしまった。

自分のものにしたいという欲求を、世の女性は抱くのだろう。

彼は今や、山吹アザミの全盛期にも引けを取らないスターになった。

「……これだけ有名になった今なら、会いたいとか思わない？」

「山吹アザミに？」

共演の話を明かせないまま、私はまた遠回しな質問をしてしまう。

「社長に頼めば連絡取ってくれるかもよ？　大事な看板タレントのお願いなら、叶えてくれるかも」

彼の、山吹アザミに対する今の気持ちを確認したくて。それがどれほどの熱量であったところで、共演の話を無いことにできるわけじゃないのに。

太一はしばらく考える素振りをしてから、ゆっくりと口を開いた。

「うーん……別にいいかなぁ」

（いいんだ）

執着のなさそうな言い方に、ほっと胸を撫で下ろしている私がいる。昔ほど山吹アザミに夢中なわけではないのだと。

けれどその安心を揺るがすことを、太一は穏やかな声で言った。

「〝もう表舞台には出ない〟って引退した人を引っ張り出すのは、ルール違反じゃない？無理やり引っ張り出してきて、嫌な思いさせてまで会っても嬉しくないかなって」

（……ああ、なんだ）

今も好きなのね。しかも真心がある。

〝別にいい〟っていうのは、山吹アザミを思いやってのことなのか。

（……羨ましい）

うっかりそうつぶやきそうになったのを口の中で殺した。

「……案外、ちゃんとしてるねぇ……」

「依子さんに教育されてきたからね」

そっか。私が教育したのか。良い男に育ててしまったなぁ。

ダイヤモンドの原石をピカピカに磨き上げたら、あまりの眩しさに失明してしまった……みたいな。それくらい、今のこの状況は滑稽だと思う。

まさか好きになってしまうなんて。しかも、こんなに苦しいとか。

「……太一」

「なに？」

「良いニュースがあるよ」

「え？」

背中を向けていた彼が軽くこちらを振り返る。良いニュースの内容にはまったく見当がついていない様子。そりゃそうだ。山吹アザミの復帰はまだ公にされていないビッグニュース。

いくら太一に教えたくない気持ちがあっても、共演の話を太一に入れておかないのはただの怠慢だ。マネージャーの仕事さえまっとうできないなら、私に価値はない。

「良いニュースって、何？」

少しワクワクした気持ちを瞳の奥に煌《きら》めかせ、私が打ち明けるのを待っている。息苦しくなっていくのをじっと我慢して、なるべく自然な呼吸で吐き出した。

「きみの大好きなアイドルとの共演が決まりました」

太一が口を開けて、瞳をだんだん丸くしていくのに従って。

私の心はゆっくり死んでいった。

8．纏わりつく深い暗闇

〝きみの大好きなアイドルとの共演が決まりました〟

私がそう告げた瞬間、ベッドの中で背を向けながらこちらを振り返っていた太一の目は驚いて丸くなり、頰は嬉しそうに紅潮していった。

人って、嬉しいとこんな風になるのね……と、冷めた目で見てしまった。

「……だっ……大好きなアイドルって……！」

「山吹アザミの復帰が決まりました」

「──あ。そうなんだ……」

……なにその反応？

太一は世界一幸福そうな顔を一瞬硬直させ、また私に背を向けて顔を隠してしまった。嬉しい顔を見られたくなかったのかな。そこまで嬉しいか。……嬉しいんだろうなぁ。だって大事な憧れの人だもんね。

「復帰するのは例の冬の音楽祭だって」

「へぇ……」

「来週の打ち合わせの日に山吹アザミも局に挨拶に来るらしいから、運が良ければそこで先に会えるかも」

「了解」

いつもより言葉が少ない太一は、広い背中の向こうでニヤニヤ笑っているに違いない。もう私の存在とか意識にないんだろうな。

寝返りを打って、私も彼に背を向けて眠ることにした。


病み上がりでも太一に休む暇などなく、翌週。

山吹アザミと対面する日はすぐにやってきた。

冬の音楽祭の打ち合わせが行われるのは都内のテレビ局。スタジオではなく、ふかふかのソファとローテーブルが並んだ会議室で、最小限のスタッフだけが集められる。番組プロデューサーとディレクター。進行担当のタレントとそのマネージャー。進行台本を全員で読み合わせながら疑問を一つ一つ潰していき、太一は台本に注意点を書き込んで頭の中にインプットしていく。

山吹アザミは今日の打ち合わせに参加するわけではないが、この番組が復帰後初のメディア露出になるということで、テレビ局内の関係各所に挨拶に来ているらしい。同じ時間帯に局に滞在しているので、二人が遭遇する可能性は充分あると思っていた。

予感は的中。打ち合わせが終わって局を出ようとエレベーターホールにやってきたタイミングで、それらしい後ろ姿を見つける。スラッとしたモデルのような立ち姿に、長く真っ直ぐな黒髪。肩に水色のカーディガンを羽織り、シンプルな紺のワンピースを着ている。

駐車場まで見送ってくれようとしていたＡＤが「山吹さんですね。声かけてきましょうか」と申し出てくれて――その時にはもう、太一は走り出していた。

テレビ局の廊下を猛ダッシュ。

（どんだけ嬉しいんだよ）

呆れつつ、とぼとぼと後を追う。

「あのっ！」

山吹アザミに声をかける太一は、まるで学生みたい。憧れの女の先輩に勇気を出して声をかけにいったみたいな初々しい空気。見ているこっちが恥ずかしくなってしまう。

「はい」

声をかけられたアザミが振り返る。しばらく一般人として暮らしていたというのに、昔と変わらない凛《りん》と澄んだ美貌。スキンケアは怠らなかったんだろう。

少し離れた場所からでも、太一が緊張しているのがわかる。動きがカタい。

「初めまして。俺、花菱プロの荻野といいます。次の音楽祭で共演させていただく予定で」

「やだ、知ってますよ。荻野太一さんでしょう?」

「え? わ、え、名前まで……?」

「もちろん。だって人気者じゃないですか」

アザミは近寄りがたいくらいの凛々《りり》しさを崩し、ふんわりと笑う。リアルイベントで数々のファンを虜にしてきた表情。太一も例に漏れず、撃ち抜かれた顔をしている。

馬鹿じゃないの。知ってるに決まってるじゃん。全盛期の山吹アザミに負けないくらいのメディア露出してるのに、どうしてアザミが自分のことを知らないなんて思うのよ。

(……憧れの人だからか)

自分の中で答えが出てしまって苦しかった。太一にとって山吹アザミは憧れの人であって、世の一般女性とは違う。この世界で、彼が最も特別視している女性だといってもいい。アイドルグループはとっくの昔に卒業していても、太一にとってアザミはまさに〝アイドル〟。崇拝の対象なんだろう。

「俺、デビューする前すごくあなたのファンで……」

「あら。今は違うの?」

「わーっ! 今も! 今もです! デビューシングルのCDもまだ家に……」

「えーうそ、冗談なのに! ……ふふっ、光栄だなぁ」

キラキラした会話だった。確かな憧れが相手に届いた瞬間。

こんなに無邪気にはしゃぐ太一は初めて見た。

私は苦しくてついその場から立ち去ろうとする。そばにいたADに「ちょっとはずします」と声をかけた。

「あ、待って。依子さ――」

気付いた太一が私を引き留めようとする。どうせ、山吹アザミと二人きりは気まずいから一緒にいてほしいんだろう。でもそばに行ったらアザミと挨拶する流れになってしまう。それは困る。

少し離れた距離から返事をした。

「ちょっと電話してきます。終わったら連絡を入れるので、それまでは休憩で」

「あ、うん……」

同席してもらえないとわかった太一が〝やべぇ〟と緊張した顔をして、その後ろに見えるアザミの表情がピクッと動く。

「……〝依子さん〟？」

アザミが何か感づいた気配がして、私は顔を背けて会釈をし、足早にその場を去った。

背後からは「俺のマネージャーです。またあらためて紹介しますね！」とデレデレした太一の声が聞こえる。随分と楽しそうだ。

楽しく仕事ができるなら、それで何より。

……何よりなんだけど。

どうして私は泣くのを我慢しているの。

（意味わかんないなっ……）

こぼれそうな涙を目の縁で食い止める。

どこか、化粧室に入って少し落ち着こう。それからいくつか電話をかけて、何もなかった顔で太一と合流しよう。

心に決めて、きょろきょろと化粧室への案内を探していたとき。

どこからか男の声に呼び止められた。

「――ココリ？」

ビクッと全身が反応する。突然呼び止められた驚きと――トラウマを呼び覚ます、全身を縛り付ける恐れ。

芸能活動をしていた頃、私の芸名は〝藤野《ふじの》ココリ〟だった。

今は誰からも呼ばれることがない。

何より驚いたのは、名前を呼んできた相手が、もう二度と会いたくないと思っていた男だったということ。

「……あ、え……」

斜め後ろ、休憩スペースのソファに座ってスマホを弄っていた男。スマホから顔を上げ、戦慄している私から目をそらすことなく、じぃっと凝視してくる。

「藤野ココリだよな？」

私の昔の芸名を確認しながら、ソファから立ち上がり接近してくる。

この男こそが、かつてホテルの一室で私を待ち構えていたプロデューサー。

名前は〝新堂《しんどう》〟という。

どこかで打ち合わせでもしていたのかクラッチバッグだけを手にしていた。カーディガンを羽織って、チノパンを穿き、ファッションは若作りをしているが、当時と違って髪は白くなっている。目鼻立ちのはっきりした、一見すると爽やかなナイスミドル。

一体この見てくれで何人騙してきたんだろうと、苦々しい気持ちになる。

その目は私を捉え、珍しいものでも見るような表情で。

そこに、当時の私に対する罪悪感なんてものはまるでない。

新堂は昔馴染《なじ》みと再会したようなトーンで言った。

「やっぱりココリか。なんだお前、まだ芸能界にいたの？　にしては地味な格好で……」

「う、あ……」

まじまじと見ながら自然に近寄ってくるから、私は後ずさった。脚がすくむ。

蘇るのは、当時の得体の知れない恐怖。立場の弱い人間は自分に奉仕するのが当然だと思っているこの男が、あの時は怖くてたまらなかった。

〝こっちに来て、言う通りにするんだ〟

——段々強くなる口調を思い出し、ドクンと胸が痛くなる。

「っていうか、何年ぶりだ。俺もよく気付けたな」

「っ……近寄らないでください」

「お前、干されてたよね？　なに？　復帰でもするのか、山吹アザミみたいに」

「近寄らないで！」

思わず大きな声をあげてしまった。新堂の眉がぴくっと動き、歪んで、険しい顔になる。

「やめてくれないか。俺がお前に何かしたみたいに変な誤解を受けるだろう」

「誤解なもんですか……だってあなた、あのときホテルでっ……」

「〝ホテルで〟なんだって？」

ずいっと顔を近付けられ、嫌悪感でパッとうつむく。

噛みついても意味はない。それは、あの当時にさんざん思い知らされている。

「ホテルで、何かあったか？　それは記憶にないな～」

「っ……」

証拠がないのだ。まだ十代だったあのとき、新堂が待ち合わせに指定したホテルに向かう段階では、私は何も疑っていなかった。無防備に体一つで向かって、襲われかけて逃げて、未遂で終わった。私が彼に性的接触を強要されたという証拠はどこにもない。

新堂が私以外の若手にも同じことをしていると知っても、どうすることもできなかった。

結果、彼はまだこの業界にのさばり、当然の顔で生きている。

新堂は私に顔を寄せたまま。

「……地味にしてるが、顔は綺麗にしてるじゃないか。素材は一級だったもんな。あのとき話にのってれば成功したものを……勿体ないことしたねぇ、お前」

勝手なことをベラベラとしゃべり、それでは飽き足らず顔に触れてこようとする。反射的に〝ぱしっ〟と叩き落とし、きつく睨みつけた。

「触らないで」

「……随分と反抗的じゃないか」

新堂がイライラを募らせているのが手に取るようにわかる。この男は自分の意のままにならない人間が嫌いだ。だからあのホテルの一件で、平手打ちして逃げた私のことをことごとく潰しにかかってきた。

でも、今の私は一般人だ。何か変なことをされそうになったら大声で喚いて、今度こそこの男を吊《っ》るし上げる。怖がる必要なんてどこにもない。

そう思っていたけど――。

「依子さん！」

聞き慣れた声に呼ばれて、またびくっと体を震わせる。

（来ないで）

とっさに伝えようとした唇が空回る。私の姿を見つけて、ずっと遠くから声をかけてきた太一。こっちに駆け寄ってくる。

「……へぇ」

「あ……」

目前で、新堂の顔が薄く笑う。

汚い大人の笑い方だ。

ずっと、太一からは遠ざけていたかった笑い方。

「もしかしてお前、荻野太一のマネージャーしてんの？」

「や……ちがっ……」

新堂が標的を変えた。その瞬間を感じ取って、私は焦る。

そっちはダメ。やめろ。

絶対に手を出されたくなくて、新堂の襟をぎゅっと捕まえてこっちを向かせる。まるで
私のほうが好意のあるような仕草に、自分で自分に反吐が出る。

新堂は確信して笑った。

「図星か。なあ、コヨリ。お前知ってた？」

「なにっ……」

「俺、男も守備範囲なの」

「は……」

「依子さん！」

ぶわっと憎悪が湧き出して、右手を振り切ろうとした瞬間に太一が私たちの元にたどり着いた。新堂を殴ろうとした手は動かせないまま、ぷるぷると膝のあたりで震える。

最初に動いたのは新堂で、パッと私から離れて太一に愛想笑いを向けた。

「わぁ、荻野くんだ！　初めまして」

「どうも……」

私と新堂の距離は傍目に見ても近すぎたんだろう。何事だろうとすっとんできたらしい太一は、訝《いぶか》しむ様子で新堂に挨拶をする。〝この人、何？〟と横目で私にアイコンタクトしてくる。

どうするべきか迷って、私が一人うつむいていると、新堂が「紹介してよ」と囁いた。悪魔の囁きに寒気がしても、ここで紹介する以外に選択肢がない。

「こちら……プロデューサーの、新堂さん」

「どーも♡」

否定しないから、彼は今でもプロデューサーなんだろう。慣れた手つきで名刺を取り出し、腰を低くして差し出す。そうされると太一は自分も腰を低く、大事にそれを受け取るしかない。いつ何時も礼儀正しくあることを私が教えてきたから。

新堂は調子よく太一に話しかける。

「活躍の噂はかねがね！　最近ずっと出ずっぱりだよね～。生で見ると本当にイケメンだな～」

「いえ……」

まだ相手の正体が摑めていない太一は、接し方に困っている。これ以上接触させてはいけない。なんとかここから離脱しようと、太一の腕を摑んだ。

「……依子さん?」

「ごめん、時間ギリギリだった! 早く次の現場に移動しないと。新堂さん、失礼します」

下げたくもない頭を下げ、太一を引っ張ってエレベーターへと向かう。太一も私に引っ張られながら「失礼します」と頭を下げる。

引っ張っていく道すがら、新堂と距離ができた頃になって、小さな声で訊いてきた。

「なんなの、依子さん。あの人どういう関係?」

ちらっと後ろを振り返る。状況を摑めないことに不満を持って顔をしかめている太一。その背後で、にやにやと笑って私たちを眺めている新堂。

――どうしよう。

エレベーターに乗り込んで〝閉〟ボタンを押した。他には誰も乗っていなかったので、痺れを切らした太一が詰め寄ってくる。

「どういうこと? 依子さん、電話しにいってたんだよね? 新堂さんってよく名前聞く有名なプロデューサーだけど……なんであんなに顔近付けてたの?」

「……えっと」

太一には、私がタレントを辞めざるを得なかった理由を話したことがある。まだ高校生だった太一に、私はとあるプロデューサーに体の関係を迫られて、それを断ったことで業界で干されたのだと説明した。

話の詳細を太一は覚えていないだろうし、そのプロデューサーが新堂だということまでは話していなかった。話に出てきた非道な男が今もこの業界にいるとは思わないだろう。私もずっと、彼は海外支社にいるものだと思っていた。淫行罪とはまた別の問題があって、ほとぼりが冷めるまでは海外に飛ばされていると聞いていた。

もう戻ってこないものだと、信じたかった。

——どうしよう。

頭の中でそればっかりがぐるぐる回る。

「ちゃんと説明して、依子さん。どういう関係の人？　個人的な付き合いあるの？」

少し怒った様子の太一は、あのプロデューサーが件の男だとはやはり気づいていない。彼には、私が言い寄られて良い気になっているようにでも見えたんだろうか。だとしたらひどい誤解だ。

だけど本当のことを言ってどうする？

「あの……太一」

「うん……」

新堂は〝男も守備範囲なの〟なんて言っていた。どこまで本気かはわからない。でも確かに、太一がロックオンされてしまった。体目的に限らずとも、今後あの男は太一の活動を邪魔してくるかもしれない。

それを太一に伝えたところで、太一だってどうしようもない。悩みを一つ増やすだけで、彼にとっての敵を一人増やすだけ。

しかも、私のせいで。

（それだけはダメ）

瞬時に秤にかけて、私は彼に答えていた。

「なんでもないよ。昔、別件で少しお世話になっただけ」

「別件……？　それで、あんなに距離感近いっておかしいだろ」

「ちょっと立ちくらみしたから支えてもらったの」

「……立ちくらみ？」

カラ元気に見えないように、なるべくいつも通りの軽口を選ぶ。エレベーターがいつまでも一階につかないと思ったら、フロアのボタンを押していなかった。

〝1〟のボタンを押しながらおどけて見せる。

「そう。誰かさんが睡眠時間そっちのけで襲ってくるから、立ちくらみ」

「うっ」

バツが悪そうに目をそらす太一。申し訳ない気持ちはあるらしい。

うまく話題をそらせてしまった。

エレベーターが下に移動する。ふわっと体が浮く感覚に、深く深く奈落に落ちていく気分になる。ここで太一に打ち明けられなかった秘密は、そのうち私を深く闇の中へ引きずり込む予感がした。

「確かに、顔色が悪い……大丈夫？」

「……覗き込みすぎ。もうすぐドアが開くからやめて」

しっしっと追い払うと、子犬のように不安げな顔をした太一が離れていく。嘘をついてしまった罪悪感に苛《さいな》まれ、自分の爪先を見る。パンプスの爪先が汚れている。

——いくら汚れてもいい。

密かにそう決意して、話題を変えようと話を振った。

「山吹アザミとの対面はどうだった？」

「あ！　そうだよ、それも。なんで挨拶もせずに行っちゃったの」

「気を利かせて二人にしてあげたんでしょ。察しなよ」

「……ああ、そっか」

きょとんとする太一。私が嫉妬しているなんてたぶん、夢にも思っていない。

私もおくびにも出さない。

「どうだった？　生の山吹アザミと話せた感想は」

「いや～女神ですわ……顔ちっさ！　声の出し方やさしい！」

「へぇ……」

彼が憧れのアイドルのことをいくつ褒めようが、私が傷つくのはお門違いだ。

9．暗躍する愛

太一が山吹アザミと感動の対面を果たし、私が新堂と最悪の再会をしてしまった日の夜。

私は太一を彼の家まで送り届け、それから自宅へと帰った。

最近は高確率で「泊まって」とねだられていたけれど、この夜、太一からの誘いは一切なく。むしろ「ちょっとやりたいことがあるから」と、なぜか私が断られた形になった。

山吹アザミと会ったからなのか？

アザミのことで頭がいっぱいで、私のことは抱けないってか？

(別にいいけどっ……いや、よくはないけど！)

私だって今日はそんな気分にはなれなかったし。新堂の件が不安な状態で抱かれてもうわの空になってしまって、太一にバレてしまう気がした。

彼に余計な心配をかけるつもりはない。

自宅に帰り、部屋の電気を点ける。太一が売れ出してからというもの、家にはほぼ寝に帰るだけの状態が続いている。だから、同じ年代の女性の一人暮らしの部屋と比べると殺風景だと思う。必要最低限の家具と、雑誌と、CDと。

雑誌とCDはすべて太一の活動に関するものだ。たぶん、本人以上にきちんと掲載誌や出演作品を保存している。

雑誌とCDが並ぶラックの前に腰を下ろし、いくつか取り出してみた。

爆死と言っていいほど売れなかったデビューシングル。あの頃はほとんど誰も相手にしてくれなかった。私だけが〝絶対に今に化ける！〟と信じ込んでいて、私の熱にヒきつつ話を聞いてくれた人だけが太一の売り出し方を一緒に考えてくれた。いろんな人の支えがあって、彼は今の人気を手にしている。当時太一とユニットを組んでいた男の子も、今は映画に舞台にと大活躍している。

その後も長く続いた下積み時代。時系列に沿って雑誌を開けば、少しずつ大人になっていった彼の変遷を見ることができた。ずっと一緒にいると変化に気付きにくいけど、太一は確実に進化している。背格好も、顔つきも。

見事に太一のものばかりなラックを見ると、自分はマネージャーではなく、ただのファンなのではないかという気がしてくる。

（っていうか、ファンなのか）

自分がよっぽど惚れ込んでいなければ、熱を入れて売り込むことはできない。クリスマスの夜に〝この子だ〟と確信した瞬間から今日までずっと、私は太一のファンだった。そして明日からも。私はずっとファンでいるんだと思う。

彼の努力がきちんと正しく報われるためなら、しんどい仕事も損な役回りも全然苦じゃない。そう思える相手を見つけられて幸せだ。太一と出会ったあのクリスマスの夜以降、私は私の人生を〝くだらない〟とはもう思わなかった。

「はぁ……」

床に座り込んだまま首を回し、ジャケットを脱ぐ。脱いだジャケットを両手で広げて皺《しわ》を伸ばそうとしたとき、ふと、胸ポケットに紙が入っているのを見つけた。

こんなもの入れたっけ……？

「……っ」

手に取って確認した瞬間、ゾッとした。

ポケットの中から出てきたのは新堂の名刺だった。今日のあの数分の接触の中で、私のジャケットの胸ポケットに名刺を忍ばせてきたらしい。

名刺にはご丁寧に、手書きで私用携帯の番号が書き足されている。

（〝電話をかけてこい。さもなくば〟……ってことなんだろうな）

忌々しい名刺を握り潰したい、そして火にくべたい。そんな気持ちを我慢して、名刺をぱっと離して床に寝転がった。冷たいフローリングの硬さを背中に感じながら、ＬＥＤの照明をぼんやり見つめる。私はただの一般人。

「……どうしよう」

花菱社長に相談すべき？　でも相談したところで……。

私が花菱さんだったらどう対応するだろう。実被害はまだない。名刺を渡されたくらいでは何も訴えようがない。小さなことで抗議すれば、新堂はそしらぬ顔で太一の邪魔をするだろう。

太一同様、花菱さんに相談したところで、手の打ちようのない困りごとを一つ増やして迷惑をかけるだけだ。

私のところで解決できるなら、それが一番いい。

(でも、どうやって?)


解決策が思いつかないまま、新堂に連絡する勇気も出ないまま一週間が過ぎた。

今のところ向こうからのアクションはない。

ただの戯れだったのかもしれない。このまま連絡を取らなければ、やり過ごせるのかも。

(……んなわけないか)

一瞬都合のいい展開を思い描いたけれど、それは不可能だとわかっていた。

新堂は執念深い。そして、彼の記憶から薄れてほしいのに、太一のメディア露出は多すぎる。今まさに波がきている彼をテレビで見ない週はない。新堂の記憶から消えることは不可能だ。

「——依子さん。聞いてる?」

「っ、え」

横から上目遣いで顔を覗き込まれ、ビクッと肩を震わせた。

太一はジト目になって言う。

「今、完全にうわの空だったでしょ」

「あ、ごめん……」

収録の後に彼を自宅まで送り届け、そのまま上がり込んで翌週以降のスケジュールを一緒に確認していたところだった。勝手知ったる太一の部屋で、二人分のコーヒーを淹れて、ソファに並んで。

隣同士で並んでいるからあまり目が合わないのをいいことに、考え事をしていた。

「最近また疲れ溜《た》まってない？　顔色悪いよ？」

心配そうに顔に触れてくる。繊細な指に大事そうに触れられると、まるで自分が特別なものみたいに感じられる。……だけど、そうじゃない。私はただのマネージャーだから。

触れてくる手をそっとはずして、話に追いつこうとした。

「平気。ちょっと夜更かししちゃっただけ。録り溜めしてたドラマを観てたの」

「ふーん……？」

「ごめん、なんだっけ？　スケジュールの話してたよね」

「うん。アザミさんと食事に行こうって話が出てるんだけど、どこかに入れられないかなって」

ボールペンを握っていた手に、ぐっと力がこもる。

太一は山吹アザミと親交を深めていた。私が想像していたよりも遥かに順調に。

驚いた私は聞き返してしまう。

「……食事？」

「うん。向こうのマネージャーさんに同席してもらって。だから依子さんもどう？」

「いや、私はいいわ。行ってらっしゃい」

「……珍しいね。今までだいたい見張りでついてきたのに」

「もう大人なんだから、私がいなくたって平気でしょう」

本当だったら付いていくところだ。向こうのマネージャーに任せたりなんかしないで、カメラの目なんかも警戒しながら太一をガードする。いつもだったら。

もういい大人なんだから、という気持ちも嘘ではない。でも私が同席しない理由のほとんどは山吹アザミの存在だ。新堂でさえ少し見かけただけで私が〝コヨリ〟だと気づいた。山吹アザミが私の正体を確信したら、食事会の空気をぶち壊しかねない。

（本当は、そういう場に行かないでくれるのが一番ありがたいんだけど……）

私の事情で彼の交友関係を制限するのも、おかしいし。

「あんまり羽目を外さないで、失礼のないようにね」

「わかってるよ」

あくまで事務的に許可を出した。太一は子ども扱いされたと感じて気を悪くしたのか、ちょっと面白くなさそうに顔をしかめている。ローテーブルに置いてあったスマホを手に取り触り始めた。

彼のプライベートに口出しするつもりはない。

ただ、最近少し目に余る。彼の交友関係が変わってきている気がする。隣に座ってスマホを操作する太一の手元をちらっと盗み見ると、メッセージを送っている相手は私も知っている新人アイドルだった。

「……みぽりんとも連絡先交換したんだ」

「え？　ああ」

指摘されて彼はサッとスマホを伏せた。……なんで今隠した？

〝みぽりん〟は先日のラジオの収録で共演したアイドル。本番前から打ち解けて話していたけど、みぽりんが誰にでも「ファンです♡」とリップサービスをすると知って、がっかりしていたんじゃなかったか。連絡先を交換したとは言っていなかった。

（……何か私に隠してる？）

疑いの目を向けると、ニヤニヤした笑顔を返された。

「なに？　依子さん。もしかして妬いてんの？」

「なんで私が妬くの」

バカバカしい、と一蹴して手帳に視線を戻した。

スケジュールは前にも増して過密になっている。でもその分、太一が何をしているのか不明な時間も増えた。子どもみたいに一日の出来事を報告してきていた彼が、私に秘密をつくるようになった。

マネージャーとして気になるというのなら、マネジメントの一環だから詮索も許されるだろう。でも今、彼の空白の時間を気にしている私のこの気持ちは、きっと〝仕事〟じゃない。私の立場で公私混同をしてしまったらキリがない。

彼が山吹アザミと親交を深めたとして。

若いアイドルと、私の知らないところで連絡を取り合ったとして。

そんなことまで干渉し始めてしまったら、この関係はダメになる。

努めて気にしないことに決めたとき、隣の彼が動いた。

「依子さん……」

すす……と隣に擦り寄ってきた太一が、私の肩を抱いて耳にキスしてくる。これはエッチしたいときの合図。〝はむっ〟と耳たぶを甘噛みされてゾクゾクした。

邪念を振り切って、手帳で彼の唇を遮る。

「しません」

「ええっ。そんなこと言わず……ほら、最近ご無沙汰だったし」

「性欲処理なら他をあたって」

「わ、何その言い方。びっくりするほど可愛くないね」

可愛くないと太一に言われてちょっと傷ついた。それが顔に出てしまい、私の彼に対する気持ちは簡単に露呈する。〝他をあたって〟という言葉が本心じゃないと早々に見抜いて、太一はにんまりと笑った。

「他じゃダメなんだって……依子さんでしか勃たないよ俺。体に教えてあげるから、今晩はゆっくり抱かせて？」

「ん……もう！　やめてっ」

〝依子さんでしか勃たない〟なんて嘘ばっかり。どうせ山吹アザミが相手だったら、これまでの比じゃないくらい興奮するんでしょう？　と皮肉が頭に浮かんで。

（……まじで可愛くないな）

自分の嫉妬深さにうんざりした。

これ以上可愛くないことを口走ってしまう前に早くこの部屋を脱出しよう。

顔にたくさんキスを降らせてくる太一に、諦めてもらうための言い訳を考える。

「お願い。依子さんが足りない……」

「や……えっと……」

ぎゅっと強く抱きすくめられると、上手に断る言葉を考えられなくなる。自分から女の子を誘えないヘタレのくせに、女の子を懐柔する術だけは知っているんだから。何をされたら嬉しいか、彼はそこらの男よりもよく知っている。教材は主に自分が出演した恋愛ドラマや映画だろうか。

ここで流されれば今晩も私はヒロインになれる。相手は見目麗しい人気タレントで、しかも自分が恋心を持っている相手だ。彼に熱く愛されれば、今晩は幸せな気持ちで眠れるに違いない。

そして私はもっと欲張りになって、彼の山吹アザミに対する想いについても文句を言ってしまうのだ。そんな未来が簡単に想像できる。

勝手に嫉妬して、勝手に自滅する。

(……やっぱり私)

太一が私に向ける感情を、〝恋〟だとは信じていないんだな。

だからまだ予防線を張って、素直に彼の気持ちを受け取ろうとしない。〝性欲〟なら納得できるからこの関係を続けているんだと、自分の弱さが見えて白けてしまった。

大事そうに触れてきてくれる手を捕まえて、今思いついたばかりの言い訳を口にする。

「……体調がよくないの。今日はもう休ませて」

「えっ……まだ調子悪いの？」

甘えてきていた彼は急に真面目な顔になって、私の手を握り顔を覗き込んでくる。

嘘だ。体調なんて悪くない。でも今は彼とセックスしたくない。

「こっち見て、依子さん」

間近に迫ってきた真剣な顔にドキドキした。

「っ……近いから！　もう帰るから、離して……」

あまりにじっと見つめられたら、体調不良は嘘だと見抜かれてしまいそう。そうなる前に退散するに限る。足元に置いていた鞄に手帳を放り込み、立ち上がろうとする。

「待ってって」

「うひゃっ」

シャツの裾を引っ張られ、体勢を崩してひっくり返った。私の体はソファに座る太一の膝の上。逃げ出そうにも、逞しい腕にがっちりホールドされる。

「そんなに調子悪いなら泊まっていきなよ。何もしないし、俺のベッド一人で使っていいから」

「いっ……いい！」

「なんで遠慮するの」

「だっ、て……そしたら太一はどこで寝るのよ」

本当は体調なんて悪くないから、後ろめたさが半端なかった。

やめてくれ。優しくされると居た堪れない。

だけどこの人気タレントは根が良い奴なので、ここぞとばかりに気遣いを発揮してくる。

「俺は床でもソファでも適当に寝るし。気にしないで休んで」

「タレントにそんなことさせられるわけないでしょ！」

「それさぁ……昔から依子さん、そういうとこ気にするけど。普通のタレントとマネージャーとは違うじゃん。〝依子さん〟は〝太一〟に多少無茶言ってもいいんだよ」

「……意味がわからない」

お姫様抱っこのようになってしまった体勢も相まって、余計に恥ずかしかった。

なんだか太一がいつになく真剣な顔をしている。ヘタレ風におどけるでもなく、エッチなことをするときの意地悪顔でもなく、何かを真面目に伝えようとしている。

そんな気配を察して、私もいつになく緊張している。

「今更気を遣うことのほうが意味がわからない。自分だけグダグダに酔って、高校生の俺におんぶで連れて帰らせたの誰だよ」

「そ……そんな昔のことを……！」

「でもそれくらいの迷惑ならいくらでもかけてほしい。……依子さん、俺さやめろ。やめてくれ。

真剣な顔で格好いいことを言おうとするのはやめてください。

うっかりときめいてしまう。

「依子さんがずっと俺のために頑張ってくれてること、知ってるよ。俺が今ほど忙しくなるよりも前から仕事取ろうと遅くまで働いてたことも。今も、寝る間を惜しんでスケジュール調整してくれてることも」

あらたまった感謝の言葉も、やめてくれ。恥ずかしくて聞いてられないから。

ドキドキしすぎて、思わず身を小さくしていた。綺麗な顔がまっすぐに私を見下ろしてくる。顔を背けることができなくなって、私は続く太一の言葉を待った。

「そんな依子さんだから、俺——」

信じられる言葉が、そこにある気がした。

恋かはまだわからない。だけど自分に向けられる格別の好意を、前よりももっと確かに感じられる言葉が。

だけど太一の真面目な話は、私のスマホの着信音で掻き消されてしまった。

「……鳴ってるね」

「……うん」

「しかもこの音、花菱さんからだよね。……出る？」

太一も太一で相当恥ずかしい気持ちを押し殺していたのか、脱力した様子で尋ねてきた。私も私で、まさか「無視していいから続けて」とは言えず、そっと彼の膝の上から降りる。ソファの下のカーペットに正座して、太一に背を向けて電話に出た。

「……はい。藤枝です」

社長。タイミングが最悪です。

心の中でぼやいていたら、差し迫った様子の声が耳に届いた。

『藤枝。今どこにいる？　荻野くんは一緒か？』

「あ、え……？」

尋ねられて戸惑った。今は太一の家で、太一と一緒にいる。

これって正直に言っていいんだっけ？

一瞬迷ってから、マネージャーだから別におかしくないかと思い直す。

「はい。今は荻野の家ですが……」

『そうか……。なら、荻野くんにも伝えてほしいんだが……』

「――――え？」

花菱社長からの伝言に、言葉を失った。

「……依子さん？」

〝花菱さん、なんて？〟と後ろから太一が覗き込んでくる。私はスマホを耳に当てたまま固まって、言葉を返すことができない。

電話の向こうでは社長が、混乱と落胆の混じった声で言葉を繰り返している。

『今度の冬の音楽祭……今言った通り、荻野くんはＭＣを降板になった』

通話の音が漏れ聞こえたのか、顔を寄せていた太一も目を見開く。

〝降板〟なんて、どうして？　何かの間違いなんじゃ。

どういうことなのか確認しなければ。

そう思うのに、口がうまく回らない。

頭には新堂の顔が浮かんでいた。

「依子さん。貸して」

動けなくなった私の手の中からスマホを抜き取り、太一が私に代わって電話に出る。

「もしもし。お疲れ様です、荻野です。はい……はい。聞こえてきました。俺は降板なんですね？　誰のどういう判断かって、わかりますか？」

落ち着いた太一の声が淡々と、事務的に事実を確認していく。

私は床に正座したまま、顔を動かすこともできずその声を遠くに聞いている。

(新堂だ)

状況を聞く前から確信していた。太一の音楽祭への出演は花菱プロダクションがゴリ推ししたわけでもなく、元はテレビ局側からオファーがあったものだ。それを、何も問題を起こしていない太一が降板になるなんて筋が通らない。こんな理不尽なこと、誰かの手が介入しているとしか……。

「……そうですか。わかりました」

冷静に太一が相槌を打つ。程なくして通話は終わった。

どんな会話があったのか気になって、ゆっくりと太一のほうを振り返る。彼は落ち込む様子を私に見せまいと気を遣ってか、口元を小さく笑わせていた。

けれどその笑顔は少し悲しそうだった。

「局からは〝不義理をして申し訳ない〟の一点張りらしい。詳しく話せない事情があるみたいで、〝外部の圧力かも〟って花菱さんが……」

「っ……」

外部の介入を装って、新堂が手を回したんだろう。昔からのやり口と何も変わらない。

局内部の判断だということにすると業界内で角が立つから、あくまで第三者の意向だということにする。新堂は昔馴染みの業界の重鎮に声をかけ、簡単にそういうことをする。

「いやぁ〜こんなこともあるんだねぇ」

怖い怖い、とおどけて笑う太一の表情に胸を締め付けられた。

なんで笑えるの。この仕事が決まったとき、あんなに大喜びしてたのに。ついにここまで来たね！　ってお祝いまでしたのに。

彼が笑う理由はきっと、私をこれ以上落ち込ませないためだ。その気遣いがわからないわけじゃないのに上手に受け取れない。

「太一っ……ごめっ……」

「なんで依子さんが謝るんだよー」

太一はソファから降りて自分も床に座った。私の頭をくしゃくしゃと撫でてくる。太一は自分の降板が、新堂の根回しのせいだということに気付いていない。

全部話してしまって、私の不手際だと打ち明けたかった。過去の私が買ってしまった恨みが、今になって太一に迷惑をかけている。

——でもそれを打ち明けて、謝って楽になれるのは私だけだ。太一には余計な不安を背負わせることになる。

彼は私の葛藤などつゆ知らず、なだめるように背中を撫でてくる。

「なくなったものはもう仕方ないからさ」

仕方なくなんかない。

太一には何の非もない。

「もっと仕事頑張って、局に〝あの時はすみませんでした！　今度こそ出てください！〟って言わせるくらい大物になるから」

もう充分頑張ってる。充分に売れてるし、これ以上頑張るってどうやって？

「こんなの些細なことだったって思えるくらい、頑張るから。……だから、そんな悲しい顔しないで。依子さん」

気を抜くと涙が出そうで、じっと歯を食いしばって我慢していた。

見かねた太一がぺろっと目尻を舐めてきて、続いて頬にキスしてくる。

「しおらしいと、このまま食べちゃうよ」

「っ……もうっ！」

ぐいっと体を押し離す。キスも、〝食べちゃうよ〟なんて冗談も、すべて私の気を紛らわせようとしての気遣いだ。わかっているのにイライラした。

そんな冗談を言えるような余裕が、私にはなかった。

「なんで笑ってられるのよっ……」

「……依子さん？」

押し離そうと彼の胸を突っぱねた手が震える。言ってはいけない言葉が喉まで出かかって〝やばい〟と押し留めようとしたが、口からぽろぽろと零れ出る。

「音楽祭の降板なんて……どう考えたって、些細なことじゃないでしょうっ……」

「依子さん、落ち着いて」

頭に血が上っている。太一が「落ち着いて」とたしなめるのは正しい。

私は混乱して、興奮していた。

「なんでそんな落ち着いてられるのよっ……！」

八つ当たりだとわかっている。太一は別に平気なわけじゃない。人一倍努力してきた彼のことだから、もしかしたら私以上に悔しいかもしれない。

でも……だったら、どうして笑えるんだろう。

「へらへらしないで。もっと危機感持って！　もっとっ……」

――私のせいだ。新堂が大人しくしているはずがないのに。

何も起きないことに期待して、何も手を打たなかった。私が新堂に連絡しなかったから、太一の大事な仕事を一つダメにしてしまったんだ。

そう思えば思うほど、胸を掻きむしりたくなるほど苦しくて、自分の無力さに死にたくなった。

本当のことを言えないで、心が行き詰まって八つ当たりが止まらない。

私はついに吠《ほ》えてしまう。

「もっと仕事に真剣になってよ……！」

言ってしまってから、ハッとして太一の顔を見た。

彼は怒る様子もなく、笑っていたけど――目が笑っていなかった。

「……あ」

後悔に胸を苛まれる。

「別に、真剣じゃないつもりはないんだけど」

伏せられた睫毛《まつげ》。躊躇いがちな唇。

どれを取っても言いようのない後悔が胸にこみあげて、息苦しくなる。酸素を求める金魚みたいに口をパクパクして……大事な言葉は出てこない。

「……俺、ちょっとコンビニ行ってくるわ。依子さん、本当にベッド使っていいから。シャワーも浴びるなら使っていいし好きにして」

そう言って、最後にくしゃくしゃと私の頭を撫で、彼は自分の部屋を出ていった。財布とスマホだけを持って。眼鏡とマスクはどうしただろう。ちゃんと持っていったかな。

それどころじゃなくて、何も確認できなかった。

太一が部屋を去ってから、我慢していた涙がぼろぼろ溢れてくる。

「………………最悪だぁ……」

鞄とジャケットを手に掴んで太一の部屋を出た。八つ当たりまでしてしまって、これ以上彼に気を遣わせるわけにもいかなかった。

幻滅されてしまったかもしれない。彼には何度となく情けないところも見せてきたけど、中でも今日は最低だった。

（よくあんな酷いことが言えたな）

〝もっと仕事に真剣になって〟なんて、太一には絶対言っちゃいけなかった。彼は自分の仕事観に則ってちゃんと努力していた。それを、一番近くで見ていた私にだけは否定されたくなかったはずだ。私は誰よりそれを理解して、認めてあげなくちゃいけない立場だったのに。

言葉にしてしまったことの酷さに生きた心地がせず、ふらふらした足取りでマンションの駐車場へと向かう。特別なキーがなければ入れない、著名人に割り振られた駐車スペースでは人とすれ違うこともほとんどない。

早く一人になりたくて社用車を目指すと、途中、話し声が聞こえてきた。

（……太一？）

駐車場の隅で壁のほうを向き、スマホを耳にあてて誰かと通話している。帽子をしているから見た目には一瞬判断がつかなかったが、聞こえてきた声は確かに太一だ。

誰と話をしているんだろう？

太一の声が断片的に聞こえるだけで会話の内容までは聞き取れない。

彼はコンビニに行くと言っていた。わざわざこんな駐車場にやってきて、隠れて電話をかけるような相手って……。

誰だろう、と思った瞬間。ほんの一瞬だけ、聞き取れてしまった。

〝――お願いします。アザミさん〟

マンションの駐車場で太一の通話を盗み聞きしてしまった後、私は彼が去るのを待ってから社用車に乗り込み、マンションを後にした。

自宅までの走り慣れた道を運転しながら考える。

(電話の相手、山吹アザミだったな)

食事も向こうのマネージャーに同席してもらうと言っていたから、まだその程度の付き合いだと思っていた。まさか本人同士で通話するところまでいっていたとは……。

何より驚いたのは、その電話で太一がアザミに〝お願い〟をしていたこと。何をお願いしたのか内容まではわからない。太一が彼女に願うことって、一体どんなことなんだろう。

(……そんなこと、いっぱいあるか)

憧れの人にしか叶えられない願い事。私が頑張っても叶えてあげられないことでも、山吹アザミには簡単に叶えられるのかも。

――なんて、そんなことで落ち込んでいる場合じゃないな。

時刻はもうすぐ夜の十時になろうとしていた。私は帰路の途中にあるコンビニに車を停め、鞄の中から新堂の名刺を取り出す。

新堂の脅迫にまともに取り合わなくたって、今の太一は負けたりしないだろう。いくら力のあるプロデューサーだって、既に視聴率が取れる力を持ったタレントを完全に潰すことはできないはずだ。

でも不安因子を残しておくわけにはいかない。新堂は太一をロックオンしたことをちらつかせた。冬の音楽祭の降板だって絶対にあの男の手が介入している。彼に不利益をもたらしかねない毒牙は、すべて叩き折るのみだ。

今までもずっとそうしてきたみたいに。

(昔とはもう違うんだから……)

私だって大人になったのだ。

何も知らなかった子どもの頃とは違う。戦い方だって知っている。

そう自分を勇気づけて、新堂の携帯番号に発信した。

私一人だけを乗せた静かな車内。ラジオも切って無音になった車内は、外の世界からも分断されて自分が独りぼっちであるような気分になる。たまにそばを走る車の走行音を遠くに聞きながら、発信音に耳を傾ける。

電話に出てほしいような。出てほしくないような。もう二度と関わりたくないけれど、話をつけないことにはこの不安は終わらない。

新堂は6コール目で電話に出た。

『……はい。もしもし』

声を聞いただけで虫に這われたような不快感に襲われる。恐れと嫌悪。なるべく感情を表に出さないように平坦《へいたん》な声で挨拶する。

「藤枝です」

『ああ、ココリか。そろそろかけてくると思ったよ』

「……なんてことしてくれたんですか」

自分の声が殺気立っているのがわかった。相手を刺激しちゃいけないと思っていたのに、憎い気持ちが先に立つ。〝そろそろかけてくると思った〟という言葉で、太一の降板はこの男の仕業だと確信した。

けれどそれを新堂が認めるはずもなく。

『なんのことだ？　俺なんかした？』

「白々しい」

『言いがかりはやめてくれ。せっかく助けてやろうと思ったのに、気が削《そ》がれてしまう』

「……助け？」

すべてこの男の仕業なんだから、助けるも何もない。だけど降板を覆せそうな口振りに、私はつい反応を示してしまった。新堂は電話の向こうでそれをせせら笑う。

『太一くんの降板の件、俺がなんとかしてやってもいいよ』

「っ、じゃあ……！」

新堂が私にとって都合のいい提案をしてくるはずがない。きっと何か条件を出してきたり、強請《ゆす》ってきたりするはずだ。簡単に想像できたのに、太一の降板を取り消せるかもと思った瞬間、それに縋りそうになった。

けれど新堂が口にした条件は。

『代わりに俺にも食べさせてくれよ』

瞬時に理解できず電話口で固まった。

「……は……」

新堂はニヤニヤ笑っているような声で。

『ちょっと調べさせてもらった。お前が荻野太一をスカウトして、今までずっとマネージャーやってたんだってな』

どうしてそんなことを調べる必要があるのか。

得体の知れない気持ち悪さに手足が震えそうになる。ぎゅっと押さえつけて、息を殺して話の続きを聞く。

『いや～末恐ろしいわ。どうせ、元アイドルって肩書きを使っていたいけな男子高校生を食ったんだろ？』

「……よくもそんな、勝手な……」

太一とそういう関係になったのは最近の話で、出会ったときはそんなこと考えてもいなかった。元アイドルという肩書きを使ってもいない。太一は今でさえ昔の私の芸名を知らないだろう。

積み上げてきた思い出を穢され、気持ちを挫かれそうになる。

『あの時は純情ぶってたくせに、とんだビッチだったんだなって驚いた。しかしよくあそこまで良い男に育てたなぁ。プロデュースの才能はあったって認めてもいいよ。アイドルとして上手く世渡りする才能はからっきしだったけど！』

「っ」

どろっとした感情が溢れる。自分のことなら我慢できる。聞き捨てならなかったのは新堂が少し前に口走った言葉だ。……この男はさっきなんて言った？

空耳であってほしい、と、祈っていたら。

新堂はより直接的な言葉で私に告げた。

『お前が大事に育ててきた男、俺にも味見させてくれないか。降板の件くらい、荻野太一と一発ヤらせてくれたらすぐにでも――』

「黙れ」

私は言った。

「……地獄に、落ちろっ……」

冗談でもなんでもなく、ドスのきいた声でそう罵っていた。

悔しくて、涙で滲んで前が見えない。お腹の底でぐつぐつと煮えたぎる怒り。暴れだしそうなほど強い怒り。力の入りすぎた手の中でスマホがみしみしと軋《きし》んでいる。他人に対してこうまで殺意が湧いたのは初めてだ。

強すぎる感情を制御できなくなって、ふっと口から出てしまった言葉だった。

道連れになっても構わないから、本当に地獄に落ちてほしい。

心からそう思う。

『……おーおー怖いね～。でも口には気をつけろよ？　藤枝マネージャーさん』

……そうだ。刺激してどうする。

殺したいほど憎いけど、今すべきことは自分の気を晴らすことじゃない。電話をかけた本当の目的を思い出し、涙を拭って声を落ち着ける。

「……どうすればいいんですか？」

『ん？』

「荻野にあなたの相手をさせることはできません。でも、彼の今後の活動になんらかの不利益があるのは困ります。……どうすればいいですか？」

彼に手を出すな。彼の今後も邪魔するな。

その条件を飲むために、私に何を要求する？

ストレートに問いかけると、新堂は電話の向こうで〝ふん〟と鼻を鳴らした。

『……愛が深いねぇ』

こんな男の言葉で自覚させられたくはなかったけど。

私のこれはもうとっくに愛だと思う。

10．荻野くんの初恋の人。

「やー見事に空いたねー」

　午前中のうちに予定していた収録をすべて終え、楽屋に戻った太一は〝う～ん〟と大きく伸びをした。スタイリストさんに見立ててもらった衣装も脱いで、既に私服に着替えている。

　音楽祭を降板になった太一はそれに関する打ち合わせやリハーサルの予定が飛んで、今日は完全に午後休となった。

　私は彼の楽屋に持ち込んだノートパソコンでメールを返しながら、返事をする。

「別の予定を入れようと思えば入れられたけど……またしばらく詰まってるから、今日くらいはオフでいいかなって」

「依子さんの優しさ……！」

　花菱社長から音楽特番の降板を告げられて、私が太一に八つ当たりしてしまった夜から一週間が経った。あの日悲しそうな顔で部屋を出ていった彼は、翌日仕事で顔を合わせたときにはもうケロッとしていて、私が八つ当たりしたことについて謝ると「気にしてないよ」と軽く笑った。

太一がせっかくそう言ってくれたのに、私には他に気になっていることがある。

(駐車場で山吹アザミに電話してたのは、どういう用事だったんだろう)

〝お願いします〟と彼は言っていた。でもまさか、立ち聞きしてたなんて言えないし。

向こうのマネージャーを交えての会食もこの間行われたはずだが、それに関する報告も一切なかった。いつもだったら、こっちが訊かなくても太一のほうから話したがるのに。

結局それについて尋ねることができないまま、楽屋を出る時間が近づいてくる。私はここでギリギリまで仕事をさせてもらおうか。私の次の予定まではもう少し時間がある。

パソコンの画面から顔を上げて太一を見た。彼はもう荷物をまとめ終えていて、すぐに出られる雰囲気だ。私はいつも通りのトーンを心がけて声をかける。

「貴重なオフだからゆっくりリフレッシュして。家まで送ろうか？　それか他に行くところでも……」

「ううん、ありがとう。タクシーまわしてもらってるから大丈夫。依子さんも、俺のことはいいからたまには羽伸ばしてきて」

「……じゃあ、そうさせてもらおうかな」

私も太一に合わせて午後休を取った。というか、私は自分も今日の午後に休むために、彼のスケジュールを埋めずに午後休にしておいた。

私はこの後しばらくしたら、新堂が指定した場所に赴くことになっている。

一週間前の電話で「どうすればいいですか？」と訊いた私に、新堂は〝俺が指定する場所に来るように〟と言った。

告げられた待ち合わせ場所の名前を聞いたとき、私は背筋が凍った。


〝一週間後の午後四時に、月野和《つきのわ》シティホテルで〟


そこは十七歳の私が新堂に呼び出されたのと同じホテル。馬鹿な小娘だった私が、新堂に体の関係を強要されて逃げ出したホテルだった。

気を抜くと不安が顔に出てしまうから、今日はなおのこと厳しい顔で仕事に打ち込んでいた。今日だけは絶対に太一に悟られてはいけない。

今日、私の手の中でこの問題は解決して、明日は何食わぬ顔でまた彼の仕事に付き添うんだ。今までもずっとそうだったみたいに。

これからだって何も変わらない。

「お疲れ様。私はもう少し作業してから出るから」

ローテーブルに置いたノートパソコンでメールの返信を打ちながら、じゃあねと軽く片手を振った。本当は、さっきから誤字ばっかりで全然進んでいない。

集中できていないことに情けなくなっていると、正面から太一が顔を覗き込んできた。

「わ。ちょっと、なにっ……」

「依子さん、なんだかんだ言って仕事するでしょ。今日はもう終わり」

そう言って私のノートパソコンの蓋を閉じてしまう。

「もうっ……わかったから」

「本当にわかってる？」

「……え？」

彼は私の顔を覗き込もうと屈んでいたところから姿勢を正し、高い位置から見下ろしてきた。すらっと高身長な彼の体に添ってゆっくり視線を上げると、鋭い眼光に射抜かれる。

太一は見透かすような目で私のことを見て、少し厳しい声で言った。

「俺のために頑張ってくれるのは嬉しいし、有難いけど……依子さんが自分を犠牲にするのは全然嬉しくない」

「……犠牲ってそんな、大げさな」

――何か勘付いている？

ドキドキしつつ、はぐらかすために私が笑うと、太一はいつも通りの笑顔を見せた。

「ま、そんなことわかってるよね。お疲れ様」

それだけ言って先に楽屋を出ていった。

数秒経って、彼がここへ戻ってこないことを確信すると、私は〝はぁ～っ……〟と息を吐いて、閉じられたノートパソコンの上に伏せた。

「……びっくりした……」

今からしようとしていることがバレてしまったのかと思った。

新堂と私のやり取りを太一が知るはずない。だって誰にも言ってないし。さっきの太一の発言はきっと、彼の勘によるものなんだろう。すごいな……。

「……ほんとに、中身までイケメンになってしまって……」

〝依子さんが自分を犠牲にするのは全然嬉しくない〟と太一は言ってくれた。

でも私にとったら、そうするだけの価値があなたにはあるんだと。

状況的にそれを伝えられないことがもどかしい。

一度社用車を置きに事務所へ戻って、ボードに午後休と書いた。

事務所を出るとき、廊下で花菱社長に「ゆっくり休みなさい」と声をかけられた。花菱さんの声は、私がまだ太一の降板の件を気に病んでいると思ってなのか、慎重で労《いたわ》るような声だった。

自宅に帰る道すがら、昼食用にお弁当を買って持ち帰る。家に帰って、さあ食べようと意気込んでみたけど結局あまり喉を通らず、半分以上残してしまう。

持ち帰ったノートパソコンを使って仕事に打ち込むこともできず、かといって、一人の時間を楽しむこともできず。録り溜めたドラマを流しても内容が頭に入ってこなくて、〝これもう見たんだっけ？　まだだっけ？〟とぼんやり思っただけですぐに消してしまった。

午後三時になる少し前。

そろそろ家を出る支度をする時間になった。

気持ちを切り替えようとパリッとしたシャツに着替え、私なりの武装をする。

……別に、二度と帰ってこられないわけじゃない。仮に最悪の展開になったとして、私の人生が終わるわけでもないし。

(でも……)

〝最悪の展開〟を具体的にイメージして脚が震えた。もしそんなことになったら、自分は本当に普段通りに太一と顔を合わせることができるだろうか?

できなければいけない、とは思うけど。

心が揺らいだ状態のまま家を出ることになった。社用車は事務所に置いてきたので、指定されたホテルまではタクシーで向かうことにした。自宅から一番近い大通りまで出て、タクシーを拾う。

「すみません。月野和シティホテルまで」

タクシーの運転手に行き先を告げて、鞄の中からノートパソコンを取り出し、膝の上に載せる。

(平常心……)

メーラーを立ち上げて受信箱をチェックする。さっきは失敗したけど、心を落ち着ける手段は〝仕事をする〟くらいしか思いつかない。これから新堂と接触するからといって、あんな男のせいでこれ以上心を掻き乱されたくない。

だから粛々と、いつも通りに仕事をする。

メールチェックはさっきもしたばかりなのに、今になってまた三通のメールが新たに届いていた。一通は打ち合わせの時間変更の打診。もう一通は、この間収録した番組のオンエア日確定の連絡。そしてもう一通は……〝原稿確認のお願い〟？

指でカーソルを動かしメールをクリックする。来月発売予定の雑誌の編集者からのメールだった。文面を読むと、インタビュー記事のゲラが上がったので確認してほしいという内容で。

（……これは、この間の？）

普段は私が取材に同行するので、インタビューの応答内容は事前にすべて把握している。ただ、これに関しては花菱社長が引っ張ってきた案件で、先方との関係性もあって付き添いを社長にお願いすることになった。質問内容も社長のところに届いて、私を通さず太一のところに渡されていたらしい。

それ自体は別に構わない。気になったのは、その取材について太一が何も言っていなかったこと。事前に渡された質問内容について回答を用意しているところも、私は見た覚えがない。

一体どんな内容の取材だったんだろうと、興味のまま添付ファイルを開く。見開き四ページにわたる特集の中では、素の太一らしい気の抜けた笑顔と、穏やかな表情のカットが使われている。

（このカメラマンさん上手だな……）

感心しつつ、記事の内容に目を移した。『すっぱぬき恋愛事情』と題されたコーナータイトルが大きく書かれている、その下の質疑応答文。

Q．荻野くん自身の初恋について、詳しく教えてください。

A．小学生のときにはまったアイドルが初恋です。僕の両親は共働きだったので、子どもの頃は夕方になると家で一人、テレビを見て過ごすことが多くて。そのアイドルの存在を知ったのは、当時放送していた教育番組でした。その子はレギュラーで出てたんですけど、もう、食い入るように見ちゃって。笑　そしたら彼女、どんどん他の番組にも出るようになって……宿題そっちのけでガン見でした。

（……教育番組？）

昔、私がレギュラー出演していた番組は、当時の子役タレントにとっての登竜門的な位置づけだった。あの番組が輩出したタレントは多いけど……山吹アザミは出ていなかったはずだ。

（山吹アザミが初恋なわけではないの？）
質問はまだまだ続いている。

Q．意外！　荻野くんもかつては芸能人に魅せられる側の人間だったんですね～。じゃあ今度は失恋について。最も記憶に残っているエピソードは？

A．いや～これもまたそのアイドル絡みで……。笑

Q．え、〝最も記憶に残っている〟ですよ？　笑

A．それがもうね、ほんとに大好きだったんですよ。ヒかないでくださいね？　引退を知って泣くくらい好きで……。

（……やっぱりアザミのことよね）

太一はインタビュー用に話をつくるタイプではない。〝泣くほど一人のアイドルが好きだった〟という話も嘘じゃない。現に、私は出会ったときに太一が泣いている姿を見た。山吹アザミのデキ婚と引退を知ってダメージを受け、ぼろぼろに打ちひしがれた彼の姿を見ているのだ。

でも、どう考えても山吹アザミは教育番組には出ていなかったと思う。
やっぱり何か記憶違いをしているのでは……？

Q. なるほど。そのアイドルの引退が荻野くんにとっての失恋だったってわけですね。

A. そうなんです。しかもその失恋には時差があったから、余計に。

Q. 時差とは？

A. すごく好きだったのに、〝なんか最近全然あの子のこと見かけないなー〟って思ってたんですよ。教育番組を卒業してからもガンガンCMに出たりしてたのに、ある時ぱたりと姿を見なくなっちゃって。それで、その子が所属してた事務所のホームページを見たら、名前が消されてて……。

Q. わあ……それで引退を知ったんですね。

A. もう大号泣でした。笑　今思い返しても、人生であれだけ泣いたことはないなって思うくらい。生き甲斐みたいになってたんですよねー。〝あの子も頑張ってるから、俺も頑張れる！〟みたいな。それなのに、あの子はもう頑張ることをやめてしまったのか……って。

胸がザワザワして、続きを読むのを躊躇った。

これ、ほんとに山吹アザミの話？　時差って。太一はリアルタイムにネットで彼女のデキ婚と引退を知って、泣いていたように思う。

それに、彼が話に挙げているアイドルの話がなんだか、まるで……。

Q．そこからどうやって立ち直ったんですか？

A．う〜ん。ずっと立ち直ってなかったのかも……？　その後も、その子によく似たアイドルを見つけては追っかけしてました。

Q．執念深い！　笑

A．や、嫌われちゃいそうなのでこの辺カットで！　笑　……でも真面目な話、いくら同じ系統のアイドルのファンになっても、やっぱり何か違うというか。すごいなって思うし、応援したいなって気持ちも湧くんですけど、その子以上に特別にはできなくて。

Q．まさしく〝初恋〟って感じですね……。

A．追っかけてるアイドルが引退するたびに、初恋のその子のこと思い出して泣いてましたからね。

Q．……荻野くん……。笑

A．女々しい自覚はありますから！　笑

——クリスマスの日に見たあの涙は、山吹アザミのためのものだとずっと思っていた。

〝あんな風に引退を惜しんでもらえるなんて羨ましい〟〝引退宣言すらまともにできずに人知れず消えていった自分とは大違いだ〟って、ずっと羨ましかった。

だけどこのインタビュー記事が真実なのだとしたら。あの綺麗な涙は、山吹アザミのために流されたんじゃなくて、まさか、私の……。

どういうことだろう。

でも。だって。

太一は藤野ココリのファンだなんて一言も言ってなかった。
私がココリだと気づいていないとか？　整形したわけでもないのに？

Q．その初恋のアイドルは荻野くんにとってどんな存在ですか？

A．あー難しいですね……どんな、か……。好きな芸能人に対して、〝まじ天使！〟とか〝神！〟とか思うじゃないですか？

Q．うん。よく言いますね。

A．自分がタレントになってみて実感したんですけど、天使でも神でもないんですよ。俺が夢中になったその子だってきっと、ちょっと美人なだけで普通の人間なんです。酒に酔ってグダグダなときもあるし、機嫌が悪いと八つ当たりしてくるし……。

（……天使でも神でもなくて悪かったな）
太一のコメントで、彼が私の正体に気付いていたことは明らかだった。
悪口が具体的すぎる。酒癖も、八つ当たりも、すべて身に覚えがあって地面に埋まりたくなった。

それと同時に、目と鼻の奥がツンとする。

なんだこれ。一体何年、彼は私に秘密を持ち続けていたのか。私は自分の黒歴史も洗いざらい話していたというのに。

A. でも、そういう人間っぽいところがまた好きなんですよねぇ……。

Q. ちょっと聞いてて恥ずかしくなってきたんですが……せっかくだし訊いちゃおうかな。ずばり、そのアイドルの名前は？

私は息を呑んでその回答を読んだ。

照れ臭そうに笑う太一のカットの下に、答えが書いてある。


――そのアイドルの名前は？

A. 知ってます？〝藤野ココリ〟っていうんですけど。

私が太一に声をかけたクリスマスの夜。

七年前のあの日、彼をスカウトしたのは完全に私自身のためだった。

私が若さとか将来とか家族とか、あらゆるものを犠牲にして飛び込んだ芸能界。実態は想像とはまったく違っていた。憧れていた世界は、キラキラして可愛いだけの世界じゃなかった。その裏側はお金と私利私欲が絡んで、黒ずみ、歪んでいる。

夢にすがるしかない若者たちを、大きな口を開けて食い物にしようとする大人たち。

〝なんだこんなもんか〟ってがっかりした。

だけど〝本当にこんなもんか?〟とも、疑っていた。

もっと私に実力があったなら。もっと、誰の権力にも左右されない絶対的な魅力が自分に備わっていたなら、こうはならなかったんじゃないか。

憧れだけではダメなのかもしれない。当たり前だけど、なりたい気持ちだけでアイドルにはなれない。神様は厳しい。

――だけど、圧倒的な才能の前でだけ、神様は優しいのだとしたら?

突き抜けた光は、悪い大人たちの手の届かないところでずっと輝くのかも。

そんな才能を探していた。〝お前じゃダメだったんだ〟と私に思い知らせて、高いところで輝いてくれる存在を探していた。

誰か私に光を見せて。〝これが本物だ〟って、嫌というほどわからせてほしい。

キラキラした世界を、私はまだ嫌いになりたくなかった。

タクシーがシティホテルに到着して、私は正面口から中に入った。内装は少し改装されているものの、構造や匂いは昔と変わらない。チェックインする人と出かけていく人で適度に人がいるエントランス。

フロントには立ち寄らずにまっすぐエレベーターホールに向かった。十八階まで上がって、指定された部屋の前に立つ。一度だけ深呼吸して、〝コンコン〟とドアをノックした。

それと同時に、ポケットの中でボイスレコーダーの録音ボタンを押す。

程なくして内側から扉が開かれる。

ひそかに、決意する。

勝手な動機で太一をこの世界に招き入れてしまった。

不幸になんて絶対させない。

「こんにちは」

「よくきたな。コヨリ」

あなたの貞操は私が守るわ。

11．誰にとっての〝シンデレラ・ストーリー〟？

白のシャツにベージュのカーディガン。それに黒のズボンを合わせた新堂のファッションは、仕事中と言っても通用する服装だ。

「こちらへどうぞ」

導かれるまま部屋の中を進むと、内装には既視感があった。あの時と同じホテルなんだから当然だ。十八階の端にある、キングサイズのベッドが置かれた部屋。モダンな壁紙と薄暗い照明。外はまだ明るいというのにカーテンは閉め切られている。そして新堂の趣味なのか、咽《むせ》そうなほど甘ったるいアロマの匂いがする。

「……昔と口調が違いますね」

「そりゃあ、立派なレディーにはそれなりの扱いをしないといけないだろう？　あの時はまだ子どもだったからな」

子どもに手を出そうとしていた自覚があると知り、気持ち悪くて寒気がした。

年齢も性別も、この男には関係ないのか？

「俺は美しいものが好きでね」

こっちの頭の中を読むように新堂は語り始めた。きっちり整えられたキングサイズのベッドに腰掛けて、手を組み、立ったままの私をまっすぐ見据える。

——あの時もそうだった。

十七歳だったあの日の光景がフラッシュバックして、胃液がのぼり口の中に酸っぱい味が広がる。


〝こっちに来て、言う通りにするんだ〟


あの日も新堂は、自分はこのベッドに座ったまま目前に私を立たせた。汚らわしい目で見られ、〝様子がおかしい〟と危機感を持ち始めた私が「帰ります」と言うと手を伸ばしてきた。唇を近付け、抵抗すると髪を引っ張り、自分の体を触らせようとした。

あの時は引っ叩くのが精一杯でここから逃げ出してしまった。

今日は違う。ここで新堂を仕留めて、二度とあんな卑劣なことができないようにする。

ポケットの中のボイスレコーダーの存在に気付かれないように気を遣いながら、不快な視線にじっと耐える。決定的な言葉を引き出すまでは、我慢しなければ。

「……あなたが言う〝美しいもの〟ってなんです？」

少しでも強い証拠が欲しくて、なるべくたくさんしゃべってもらおうと質問する。

新堂は目尻を下げ、さも優しい男のような顔で笑った。

「もちろん、見た目の美しさもある。生まれ持っての顔や体のパーツのバランスがいいこと。それから、自分を飾る術を知っていること。元々の素材の良さであっても、作り上げたものであっても、見た目が優れていることは素晴らしい」

――そんなふわふわした言葉じゃなくて。

美学を語られても告訴することはできない。もっとはっきり、〝自分はそれらの美しいものを性の対象として見ている〟と言えばいいのに。

早く証拠を得たい私は焦れて、仕方なく自分たちのことを引き合いに出した。

「じゃあ……私や荻野は、あなたの〝美しいもの〟を選別するお眼鏡にかなったと？」

「ああ、そうだな。あの頃のお前と今の太一くんとじゃ、美しさのベクトルが違うけど」

「どう違うんです？」

「荻野太一は……あれはもう完成形だ。まだ若いのに男としての色気ができあがってるし、自分の魅せ方もよくわかっている。それに対して、ココリ。昔のお前は未完成で、発展途上の生き物特有の危うさがあった」

この男に太一を評されるのは気分が悪かった。自分のことはどうでもいいと思っていたけど、〝未完成だった〟と過去の自分を評されたことにもイライラした。一体私の何を知っていたというんだろう。

苛立ちが顔に出てしまっていたのか、新堂はそれを嘲笑って言葉を続ける。

「勘違いしないでくれよ。未完成なものが劣ると言っているわけじゃない。お前も充分魅力的だった。発展途上のものも好きだし、完成されたものも好きだ。それらは全部永遠じゃなくて、いつか壊れてしまうから大好きだ」

「……何を仰っているのかよくわかりません」

「いつか壊れてしまうものは儚さでより輝くだろう。アイドルにも寿命はあるし美しさは永遠じゃない。有限の時間の中で一番輝いている一瞬を、自分の手で汚すのは……この上ない快感なんだ。わかるだろう?」

「わかりません」

のらりくらりとした言葉はわざとだろうか。何の証拠にもならない持論を延々聞かされ、不快さが募るばかりでこっちの心が擦り減っていく。

録音してることがバレている?

「お前は今でも未完成だよ」

「……は」

新堂の目の色が変わったのを感じ取ってゾッとした。値踏みするような視線には欲情が絡んでいる。

——気持ち悪い。

「こんなところに一人で乗り込んでくる浅はかさも、昔と変わらない」

視姦されている。気持ち悪さに、つい、自分の体を守るように手で隠した。それと同時に新堂の手が伸びてくる。手首を掴まれ、強い力で引っ張られた。

「やっ……」

「昔はバカみたいに夢を見てここに来た。それで一回干されたくせに、今もまた夢を見ているんだろう？」

「っ……それの、何が悪いのっ……！」

滑稽なものを見るような目に腹が立って、摑んでくる手を振り払おうと強く抵抗した。けれど力の差は大きく、がっちり摑まれた手は振りほどけない。

「ほんと、むかつくよなぁ……。一度は完全に潰したと思ったのに、勝手にこの世界に戻ってイキイキと働かれるとさ。だってお前くらいだよ？　俺のこと叩いたのは」

強く摑まれた腕を引き寄せられ、顔が近くなる。呼気のかかる距離に耐えられずうつむいた。うつむく寸前に見た新堂の顔は、口は笑っていたけど目が笑っていなかった。

――やっぱり根に持っていたんだ。この男は、私に報復する目的で。

それに太一を巻き込んだことを思うと胸が痛んだ。

「お前の世代なら、山吹アザミの成功は眩しかっただろ？　あのとき俺と寝ておけばって一度は思ったはずだ。違うか？」

「っ、誰が……！」

怒りを露わにして見せつつ、尻尾を摑んだ手応えがあった。新堂があの日の出来事に触れ始めた。もっと決定的なことを言わせたい。その目論見に気付かれないように、じっとチャンスを待つ。

「アザミもなー、良い女だったんだけどな。サクッと一般人と子どもつくって〝もう終わりにしたいんです〟ってさぁ……。なのにあいつ、今度は事務所変えて復帰するって言うんだ。ムシがよすぎるだろ？　あいつも降板させてやろうかな」

〝あいつも〟と言った。今の発言は太一の降板にも絡んでいるといっていい。でもまだ足りない。第三者が聞いても明らかに黒だと判断できるような、あと一押しが。

嫌悪感を押して顔を上げ、新堂と視線を合わせる。

「や……山吹アザミも、同じようにこの部屋に呼び出したんですか？」

「ん？　ああ……そうだな、この部屋だ。お前と違ってあいつは賢かったよ。最初は嫌がって逃げようとしたけど、自分の進退に関わると理解した途端、自分から服を脱いで」

どんな気持ちでそれを選んだんだろう。どんな葛藤の末に、彼女はここで。

新堂は思い出しながら、あろうことか笑った。

笑って、つらつらと当時の山吹アザミを語る。

「しかも意外なことに、処女ときた！　あれはたまらなかったな。クールなイメージで売り出しているアイドルの顔が、唇を噛んで屈辱に耐えているのは——」

——言った。

明らかに黒だと判断できる証言。

ただ、あまりの下衆さに固まってしまった。ここで起きたことを想像して、そのときの山吹アザミの気持ちになってしまって、戦慄する。

心がバラバラになる苦しさを追体験して、一瞬、隙ができてしまった。

それがいけなかった。

「……あ」

「ボイスレコーダーか……。まあ、素直にここにヤられにくるとは思ってなかったよ」

スカートのポケットからボイスレコーダーを抜き取られる。とっさに奪い返そうと手を伸ばすも、新堂の体の向こう側に取り上げられて届かない。

「返してっ……！」

身を乗り出すとそのまま彼を押し倒すようにベッドに倒れ込む。もがく私を自分の上から落としてベッドに押さえつけながら、新堂は床の上に降り立った。

「小賢しいことを覚えたじゃないか、ココリ。成長したな。えらいえらい」

シーツに顔を押し付けられて周りが見えない。上から頭を押さえつけられ、息もできずに苦しい。なんとか起き上がろうともがいていると、〝カチャン〟と何かが落下した音。

続いて、〝バキィッ！〟と何かが破壊される音。

ボイスレコーダーが踏み壊されてしまった。

（……ああ）

負けてしまった。

「証拠を掴んで突き出すつもりだったんだろうが……見え見えなんだよ、そんなことは」

全身から力が抜けて、抵抗をやめる。

蚊の鳴くような声が出る。

「……録音してたって、いつから気付いてたんですか？」

「最初から疑ってた。やたら会話を引き延ばそうとしてたから、それで確信した」

「ああ……」

「今度こそ食わせてもらおうか。なあ……藤枝マネージャーさん？」

脱力した私がもう抵抗しないことを悟ると、新堂は私の頭を押さえつけていた手を離した。鼻を押しつぶす重みが取り払われ、少し呼吸が楽になる。

ベッドの上でうつ伏せになる私に、新堂が無遠慮に触れてきて服を脱がそうとする。

「今度こそお前を抱けると思うと感慨深いよ」

新堂は、私が持ち込んだボイスレコーダーが〝一つだけ〟だと思い込んでいる。

鞄の中にもあるし、部屋に入ってすぐにベッドの下にも転げ落としておいた。一つでは心元ないから、ボイスレコーダーは複数用意しておいたのだ。最悪の場合一つ見つかってしまっても、油断した新堂がベラベラとしゃべってくれるだろうと。そうすれば、他のボイスレコーダーが決定的な証拠を拾ってくれるだろうと。

これで新堂を仕留められる。

——ただ、それでもやっぱり私の負けだ。

マウントを取られてしまった今ではもう逃げられない。私はここでさんざん心を殺された後で、憔悴しきってから、自分が犯される音声を証拠として提出するんだろう。新堂を裁くことはできる。でも……できるものなら汚されずに、また太一と会いたかった。

　馬鹿みたいかな。

　あの記事を見て、〝まだ憧れのアイドルでいたかった〟と思うことは。

（……馬鹿みたいだな）

　どれだけ嬉しかったんだよ……と、浮かれていた自分を恥じた。そして、自分の口の中を愛撫《あいぶ》しようする新堂の指をガリッ！　と思いきり噛む。

「痛っ……！　っ、てめぇっ！」

　口の中に鉄の味が広がる。噛み切るつもりで噛んだから新堂は相当痛かっただろう。

　いい気味だ。

　新堂が跳ねあがって体が自由になった一瞬で、うつ伏せの状態から起き上がる。ゆらりと背後を向く。新堂の顔は怒りのせいか痛みのせいか、真っ赤になっている。

　未来に希望を持った若者を弄《もてあそ》ぶな。

　私も、太一も、山吹アザミも。誰もあなたの玩具じゃない。

「私に触らないで」

　ここから逃げられないのなら、仕方がない。

　精一杯嫌がって、抵抗して、取り返しのつかない証拠を残そう。

　もう二度と、この男が太一の前に現れることがないように。

「このっ……！」

「いやっ、やめて……！」

予想通り、新堂は激昂《げきこう》した顔で私を睨みつけた。両手首を摑んでベッドの上に押さえつけ、身動きが取れないようにしてこちらを見下ろしてくる。

「最初から、大人しく言う通りにしてりゃよかったものをっ……！」

「いやぁっ!!」

わざとらしくない悲鳴をあげて、自分を犠牲にして新堂を裁こうと腹をくくった。

——その時に。


「そこまでですよ、新堂さん」

どこからか声がして、バッとあたりを見回した。客室内には私と新堂以外に誰もいないはずだ。

だけど、確かに声がした。

「だ……誰だ！」

声が聞こえたほうに向かって新堂が吠える。

声は、テレビが設置されている壁のほうから聞こえたような気がする。その面にあるのはテレビと、机と、クローゼット。

カラカラと音をたてて、テレビの横のクローゼットが開く。

中には太一がいた。

「いやー壮絶です。芸能界の闇深いわ～」

そう言いながら飄々《ひょうひょう》とした様子で中から出てくる。

手には印籠のようにスマートフォンを持って。

「なにっ……お前、どこからっ……」

動揺してども る新堂に、太一はニコッと笑って答える。

「どこって。今俺クローゼットの中から出てきたじゃないですか。ここですよ」

「いつっ……」

「新堂さんがチェックインする前からずっと。お昼過ぎにおばちゃんが清掃してるときに来ました。〝テレビの企画で〟って言ったら快く中に入れてくれて。いや～芸能人ってこういうとき便利ですね！」

新堂と同じように、私も開いた口が塞がらない。

最初からここに潜伏していたって、嘘でしょう？　何時間そこにいたの？

それに、なんでこの場所がわかったんだろう。私はここに来ることを誰にも伝えていなかったのに。

太一はその答えを簡単に明らかにする。

「いろんな女の子に聴き取りしてやっと場所を突き止めました。あなたは狙いをつけると、だいたいこの部屋を押さえて連れ込もうとするんだって。角部屋で、用心深く隣の部屋まで押さえるんですってね。最悪の場合〝別々の部屋に泊まりました〟って言い訳するために」

——最近女の子と遊ぶようになったのって、そのため？

「そ……んなこと、誰から」

「言いませんよ。言わなきゃ誰が口を割ったかなんてわからないでしょ？　アプローチした子は山ほどいますもんね。まあ、話を聞いていると最近の成功率は低いみたいですけど」

「くそっ……！」

新堂は憤怒で顔を赤くしながら、太一が持っているスマートフォンを奪おうと摑みかかる。太一は伸びてきた新堂の手をするりとかわして、ベッドの上に飛び乗った。

「さっきみたいに壊せばいいって思ってます？　残念。これで録音してるわけじゃないので」

「なんなんだ。どういうっ……」

「通話中なんです。うちの事務所の社長と。スピーカーモードにしてもらってるんで、今の会話は結構な人数が聞いてますよ。証人はたくさんいる」

私はよろよろと壁際に移動して、その場で呆然としていた。何が起きているのかと。太一が新堂を倒そうとしている。思いもしなかった展開に胸が高鳴っていた。まるでドラマみたいな逆転劇。カメラが回っているのでは？　なんて、場違いな高揚感に襲われる。

「は……ははははっ」

気が触れたように笑いだした新堂の声に、一気に現実に引き戻された。

ダメだ。追い詰められた人間は何をするかわからない。

早く彼を新堂から引き離したい。

「証人をたくさんつくって、それで一体どうするんだ？　どうせ全員お前の事務所の人間だろう。事務所ごと出禁にして――」

「落ち着いて。しっかり頭使ってくださいよ、新堂さん。こんなみんなが聞いてるところで脅迫なんかして。録音してないとでも思ってるんですか？」

「っ……」

「干したきゃ干せよ」

低く、鋭利な声が反響した。さっきまでへらへら笑っていた太一が侮蔑の目を新堂に向け、とどめを刺そうとしている。

「テレビだけがメディアのすべてだとでも思ってるのか知らないけど。俺が辞めるときには、ネット動画やSNSとか全部駆使してあんたの悪事をバラまいてやる。……刺し違えになっても構わない」

「こっ……の、野郎っ……！」

ぶんっ！　と太一に向かって振り上げられた新堂の拳に、私の心臓は縮み上がった。

(殴られる……！)

……ぎゅっと閉じてしまった目をおそるおそる開く。

すると、太一はまたひらりとかわしてベッドの上から飛び下りていた。

「傷害罪も追加します？　それなら殴られてあげましょうか」

「クソッ……！」

刺激するような物言いに、本当に彼が殴られてもいいと思っていそうで怖くなった。

怖くて、私は部屋の隅から動けない。

太一はなんてねと冗談っぽく笑ってまた表情を一変させた。

まるで知らない男のような顔をして、彼は言う。

「ほんとはもう結構キレそうなんで、早く出ていってもらえますか。新堂さん」

「んだとっ……？」

「あんた、依子さんに何しようとした？」

さっきよりも目が据わっている。目力だけで人を殺せそうな気迫にあてられ、ヒュッと喉が詰まる。

（こんな顔できるんだ……）

直接その視線を浴びた新堂は目を見開いて後ずさり、そして……部屋を飛び出して、バタバタと走り去った。

捨て台詞もなく。

「…………え？」

ぽかんと呆ける私。乱暴に開けられたドアの音を遠くに聞いて、数秒経った頃に太一が

「はぁ……」と息をつき、ベッドに〝ぼすっ〟と勢いよく座る。

緊張していたのか顔に疲れが見える。

私がよく知っている太一の顔だ。まるで収録後みたいな。

何を言っていいのかわからず、思ったままの疑問を口にしていた。

「……新堂は、一体どこに……」

「さあね。どうにか口止めか揉み消しができないかって関係者んとこ奔走するんじゃない」

〝何しても無理だけどね〟と軽い口調で返しながら、彼はまだ通話中らしいスマートフォンに耳をあて、電話の向こうの社長と話し始めた。

「音声、大丈夫そうです？　一応こっちでも別で録音機回してたんですけど。……そうですね。予定通り、被害届と一緒に今の会話を提出できたら」

〝予定通り〟と、太一は言う。

自分の知らないところで何かが動いていたらしいことだけがわかって、納得いかないやら、悔しいやら。でもそれを上回って、ほっとして脚から力が抜ける。太一が社長と会話しているのにも構わず、ベッドに座る彼の目前によろよろと歩み出た。

涙がぼろぼろ溢れてくる。

「たっ……太一が、殴られるかと思っ……」

彼はスマホを耳にあてたままこっちを見てギョッとした。私が泣くとは思っていなかったんだろう。戸惑って困った顔をして、通話の合間に私に声をかけてくる。

「すみません、社長。ちょっと待ってくださいね。――依子さん。大丈夫だって。ほら、俺殴られてないし。……あー、なんで泣いてんの」

〝おいで〟と手を広げられ、ぐすぐすと涙が止まらない私はその手におびき寄せられる。私が彼の腕の中にすっぽり収まると、太一は社長との電話を再開した。空いているほうの手で私の頭を撫でながら。

「大丈夫です、社長。依子さんに怪我はありません。俺もクローゼットの隙間から見てましたけど、大事なところにも触られてない。……ないよね？　依子さん」

問いかけられてこくこくと頷く。スマートフォンのスピーカーからは、「それならよかった」と、花菱社長の落ち着いた声が聞こえた。

密着している太一の肌は温かかった。彼の鎖骨あたりにはらはらと熱い涙をこぼす。太一の大きな体に抱き着いていると安心して、自分がひどく怯《おび》えていたことに今更気付いた。

でももう大丈夫だと、本能的に安心している。

新堂がどんな手に出るかはわからない。だけど太一は負けない。さっきこの部屋で対峙《たいじ》する二人を見て、新堂を圧倒する太一の姿が目に焼き付いた。

〝突き抜けた光は、悪い大人たちの手の届かないところで光輝くのかも〟

ずっとそう思っていた。

だけど突き抜けた光はそれすら超えて、新堂をやっつけてくれた。

どんな言葉でお礼を伝えよう……。

私が一人で胸を熱くしていると、太一は私の頭上でとんでもないことを言った。

「花菱さん。俺、依子さんと結婚したいんですけど」

「……はぁっ⁉」

「いてっ‼」

私が勢いよく顔を上げたから私の頭が太一の顎の下側にヒットした。ベッドの上にのけぞり顎をさする太一に、焦った私は馬乗りになって摑みかかる。

「ちょっと！　何勝手なこと言って……」

私の質問を無視し、太一は電話の向こうの社長との会話を続ける。

「約束でしたよね？　いつか俺がバカ売れしたら依子さんのことくれるって」

「何それっ……」

そんな約束は聞いたことがない。そもそも、社長には私たちの関係すら話していないはずだ。

太一はスマホから顔を離し、マイク部分を手で塞いで向こうに音が聞こえないようにしながら、満面の笑顔で。

「社長が〝いいよ〟って」

「い、いいわけがッ……っていうか、何よりも先に私でしょう！　私の気持ちは⁉」

「だって依子さん鈍いんだもん。好きって言っても全然信じてくんないし。俺が依子さんを好きってことなんて、花菱社長は俺が高校生の頃から知ってるのに」

「はっ……」

——高校生の頃から？

それはつまり、デビューした頃から。

「雑誌のインタビュー、読んだ？」

さっきタクシーの中で読んだやつのことだろう。こくりと頷く。

「俺の初恋の部分読んで、何も思わなかった？」

「……私の昔の芸名が書いてあった」

「そうだよ。つまり、そういうことだ」

「あんな記事、載せられるわけがないでしょう……名前まで出してっ……」

「ダメ？　俺はあのまま全部載せてもらってもいいかなぁって思ってたんだけど。藤野コヨリ、女性ファンも多かったんじゃない？　〝懐かしー！〟って当時のファンが湧くかも」

馬乗りになる私の下で、彼は楽しそうに未来の話をする。憎らしいし悔しいけど愛しい笑顔だ。この顔が考えていることを、私はやっぱり全然わかっていなかった。

「……いつから気付いてたの？」

「依子さんが藤野コヨリだってこと？　そりゃ、最初からだよ。ファン舐めんな。一瞬でわかったわ」

「でも、そんな反応じゃなかった」

私が最初に話しかけたとき、太一は確かに呆けていたけど、それはてっきり見知らぬ女に話しかけられたからだと思った。裏を返せば、その程度の反応だった。

　当時を思い出すように視線を彷徨わせ、彼は私をお腹の上に乗せたまま話す。

「どんな反応が正解だったかわかんないけど……あんなもんじゃない？　突然、憧れの人が目の前に現れたら。びっくりしすぎてフリーズした。夢でも見てるんだと思った。しかも急に〝芸能界に興味ない？〟って誘ってくるし。なんかちょっとワケありっぽいし」

　あの時よりもずっと大人になった笑顔を見せて、私の頬に手を伸ばしてくる。ぐしぐしと涙を拭って、愛おしそうに思い出を語る。

「初恋の人が〝一緒に頑張ろう〟って言ってくれるなんて、俺にとったらものすごいシンデレラストーリーだったわけですよ」

「……シンデレラ？」

「だって、すごくない？　俺、ファンの一人だったのに。世の中にいっぱいいる男の中から、依子さんが俺を見つけだして、特別にしてくれたんだ。一緒にトップを目指すパートナーに選んでくれた」

「……すごいかもしれない」

　出会う確率でいえば、本当にすごいことだ。いくら全国放送に出ていたと言っても、当時の藤野ココヨリのファンなんて、今の荻野太一のファンに比べれば百分の一もいない。

　それなのに太一は私のファンで、私は太一を見つけた。

　そんな彼が今、大人になって、私の左手の薬指にキスをする。

「俺のこと、依子さんが特別にしてくれたみたいにさ。俺も依子さんのこと特別にしたいんだよ」

――〝シンデレラ〟というならば、魔法をかけてもらったのは私のほうだ。

「結婚しよ。依子さん」

「…………はい」

夢破れてすっかりアイドルではなくなっていた私を、彼が特別にしてくれたんだ。

12. 責任を取って

彼のプロポーズに私が泣きながら頷くと、太一は一度〝はぁ……〟と深い息をつき、もう一度スマホを耳に当てる。すると堰《せき》を切ったようにしゃべりはじめた。

「……社長！　今の聞いた？　聞いたね⁉　依子さんオッケーしたね⁉　証人よろしくお願いします！」

「た……太一？」

「さあ、これで本当に俺のモノだ。依子さん」

〝ねぇ、俺いつまで聞いてたらいいの……？〟と、スマホから漏れ聞こえる社長のうんざりした声。それに太一はキリッとした顔で答える。

「大丈夫、花菱さん。生放送はここまでです」

「え？」

私はじわじわと身の危険を感じ始める。

「ここからは十八禁。放送コードにひっかかるので中継はおしまい」

「は」

タンッ、と通話終了ボタンをタップし、太一は鋭い目で私のことを見た。

「――さて」

「ちょっ……！」

「〝荻野太一、長年の片思いを実らせ、マネージャーである一般女性と純愛結婚！〟」

「や、あっ……」

「この見出し完璧じゃない？」

そう言いながら、私の腕を摑んで引っ張り自分の上に抱き寄せる。嬉しそうに鼻先をぐりぐりと首筋に押し付けてきてご機嫌に笑う。

その仕草が嬉しいものの、さっき太一が放った言葉のせいで落ち着かない。

「〝十八禁〟って……！」

「いま超絶セックスしたい。今までで一番したい。いい？」

「だめっ……だめ！　こんな部屋でしたくないっ……」

新堂が非道な行いをしていたこの部屋で抱き合うのは嫌だった。それは彼も同じ気持ちのようで、むっと顔をしかめて言う。

「そんなの俺だってやだよ。別の部屋取ってあるから。……早く行こ？」

「え…………なんで取ってあるのよ‼」

甘い誘いに流されかけたが、冷静に考えておかしい。準備がよすぎる。一体どこまでが計画の範疇《はんちゅう》なんだと私が驚いていると、太一は自分が持っていた帽子を雑に被せてきて、自分はサングラスとマスクをする。そして私の鞄を拾い上げ、私の手を引いて部屋を出る。エレベーターを使わず階段で上のフロアへ。

別の部屋を押さえていた理由については、階段を上りながら教えてくれた。

「一つの部屋を長めに押さえて、仕事の空き時間にこのホテルで張り込みしてたんだよ。新堂のこと探ろうと思って」

私の手を引っ張ってぐんぐん階段を上っていく。私は一生懸命彼のペースに合わせ、脚がもつれないように気をつけながらついていく。

「そういえばさっき……〝いろんな女の子に聴き取りした〟って」

「うん。でもさ、〝枕営業させられた〟とか〝させられかけた〟とかって、やっぱり人には話しにくいじゃん。信頼して打ち明けてもらえるようになるまでにちょっと時間かかっちゃって」

「じゃあ、山吹アザミに〝お願いします〟って電話してたのも……」

「あ、やっぱり聞いてたんだ。それもそう。新堂を告発するのに、被害者がたくさんいることを示したほうがいいと思った。アザミさんみたいな大物が協力してくれたら他の女の子も声を上げやすくなるでしょ？」

あのとき駐車場でこそこそ電話していたのは、そういうことだったのか……。

合点がいって、モヤモヤしていた気持ちが晴れた。「妬いた？」と笑われて、強がって「妬いてない」と返事をする。めちゃくちゃ妬いていたけど。

「依子さん昔、アザミさんが新堂と関係を持ち始めたときに止めようとしたんだってね」

「……あの子何か言ってた？」

山吹アザミとは面識があった。近い時期にデビューした私たちは一時期よく収録現場で顔を合わせ、地方のイベントで一緒になったこともある。

だから、太一とアザミの顔合わせに同席するわけにはいかなかった。彼女にはすぐに私がコヨリだとバレてしまうと思ったから。

「〝そんなことしてたら一生心にしこりが残るよ〟って依子さんに叱られたって。でもアザミさんは〝足引っ張らないで！〟って突っぱねちゃったって言ってた」

「うん……」

彼女が新堂の要求を呑んだと聞いて、お節介で「やめなよ」と言ったけど、太一の話の通り〝どうせ嫉妬でしょ〟と取り合ってもらえなかった。それを彼女が覚悟の上で選んだというなら、自分はもう何も言えないと思った。

でも今日の新堂の話を聞いて、やっぱり無理にでも止めるべきだったと後悔した。

太一は言う。

「それをずっと気にしてたみたい。〝コヨリさんが本当に自分を心配して言ってくれてるってわかってたのに、酷いことを言ってしまった〟って。それもあって今回のことに協力してくれたんだ。アザミさんが新堂の取り巻きにコンタクトを取って、今日のことを聞き出して、俺に教えてくれた」

「だから、食事にはまた行こう？　別に俺なしで二人で話すのでもいいし」

「そんなことが……」

「……うん」

そんな話をしている間に階段を四階分上り終え、太一は私の手を掴んだまま、とある客室の前まで連れていく。ポケットから取り出したカードキーでドアを開けると、部屋の中に私を押し込みながらサングラスとマスクを取ってキスをした。

「あっ……んむっ……」

有無を言わさず、強引に口を塞いでくる唇。食べるように唇を上下に動かして貪り、手で後ろ髪をくしゃくしゃと撫でてくる。

恋人にするみたいな甘い仕草。接している体温も気持ちよくて、溶けていく。

「ん、はぁっ……待って。せめてベッドでっ……」

「うん……ごめん、ちょっともう限界……」

最後にチュッとキスをすると、彼はまた私の手を強く引いて部屋の中へ進んだ。

さっきの客室とは違う間取り。さっきよりも小さいダブルベッドの上にトサッと押し倒され、真上からキスを食らう。

「んんっ……！」

私に体重をかけないように気遣いながら上を陣取って、ちゅ、ちゅっと何度も唇をついばむ。舌を絡めるいやらしいキスとは違う。なのに息をする間もなく求められるせいで、頭の奥が痺れた。

「はっ、はぁっ……ん……好きっ……好きだよ、依子さん」

「あっ……♡」

「大好きっ……」

熱に浮かされた声で喘ぐように愛を囁き、その合間にもキスを繰り返す。

唇をついばまれることがたまらなく気持ちよくなってきた頃、彼は手を動かし、私の体に愛撫を施しはじめた。

「ひゃ、あうっ……」

五本の指先が、触れるか触れないかの絶妙なタッチで首筋を這う。くすぐったくて身をよじるとキスしていた唇がはずれて、太一の唇はそのまま私の首筋に吸いつき始める。

「あんっ！　あぁっ……」

「もうエッチな声出てる。……そんなに気持ちいいの？　興奮してる？」

「んぅっ……や、言わないでっ……」

彼はすぐに服を剝くことはせず、たっぷり焦らして私の中の欲情を育てる。頭を撫でたり頰にキスしたりしながら、体のラインをなぞるように触れてくるので、私はすぐにゾクゾクと感じて苦しくなった。

「はぁ……あ、んんッ。ふ……っ、太一……さっき、限界って……」

「うん。限界は超えてるかも。……ほら」

硬くなったモノをお腹に押し付けられて甘い声が漏れる。ズボンの中に閉じ込められて、苦しそうにしている彼の欲望。限界というのは本当らしい。

「んッ……じゃあどうしてっ……」

「俺、依子さんが感じてる顔見るのすごい好きみたい」

「……馬鹿じゃっ……」

「馬鹿じゃないよ。七年も一緒にいるのに、見たことない顔がまだあるんだなぁって……もうずっと見てたいくらい。体中まさぐって、悶えて感じて赤くなる顔を見てたい」

「ふ、っ……やっぱり馬鹿じゃない！」

「じゃあもう馬鹿でいいや。うりゃっ！」

「んあっ♡」

パンツを穿いたまま脚を大きく押し開かれて、無防備になった局部に股間を押し付けられる。今度は性感帯に硬く膨らんだ欲望を感じ、気持ちよくなってしまった。

「ははっ……ほんと可愛いなぁ。服の上から擦り付けてるだけなのに、気持ちよさそうにして……めちゃくちゃエロい顔してるよ、今。自覚ある？」

「そんな顔してないっ……」

「最初の夜は年上のお姉さんって感じだったのに」

「あっ、あっ……！」

太一は上体を起こし、私の腰の左右に両手を突いてユサユサと腰を振る。局部を押し付けたまま。そうされると既に抱かれているような気持ちになって、挿入《はい》っていないのに奥を突かれていると体が錯覚する。

奥がきゅぅっと収縮するのがわかる。

「んっ、んぁっ……」

「あの時は死ぬほど嬉しかったなぁ……〝まじで依子さんと繋がってる！〟って。夢かと思った。もう叫びたいくらい幸せで……実際そういう夢を見たのも一度や二度じゃなかったし」

「んん……？」

何かをぼそぼそとしゃべっているけど、内容が頭に入ってこない。ズボン越しに擦りつけられて完全に最中の気持ちになっていて、頭がぼーっとする。

早く挿《い》れてくれないかなぁ……と思っている私がいた。奥が疼いてもどかしい。

それを見抜いているのか、いないのか。彼は動くのを急に止めて〝グッ！〟と局部を強く押し当ててきた。肉芽が潰され、全身に大きな快感が走る。

「っ、だめっ……！」

「はっ……だめなの？　気持ちよさそうに体ビクビクしてるけど。っ……俺、ちょっとはこういうこと巧くなった……？」

「んっ……♡」

すごく巧くなったと思うけど、調子に乗らせたくないから答えない。彼は腰を振ったまま両手を浮かせ、その手で私の両脇の下をつかむ。

何をするんだろう……と思っていたら、脇の下を摑んだまま親指でそれぞれ胸の先を押し潰してきた。服越しに。

「や、あ、あぁっ……！」

いじられたところから気持ちいい波が広がって、堪えきれずに身をよじる。悶える私の顔を、太一はじっと見下ろしている。はぁっ……と欲情のため息を漏らしながら、綺麗な顔で。

「……憧れのアイドルとエッチなことしてるって、よく考えたらすごいよね」

「ん……最低っ……」

「だって、これこそ自分しか知らない顔じゃん。実は乳首がものすごく感じるとか」

「っん！」

ぷちぷちっ！　と勢いよくボタンがはずされ、キャミソールとブラを一緒にたくし上げられた。露わになった胸の先端で二つの赤い実が熟れている。それを太一の舌がねっとりとねぶっていく。温かくぬるついた舌の感触に、ふるふると体が震える。

「あっ、あっ……」

熱心に私の乳首を舐める太一を見ながらぼんやりと、〝こんな姿まで絵になる〟と見惚れてしまった。閉じられた瞼《まぶた》の先から伸びる長い睫毛。

「ん、はぁっ……あと、お尻を撫で回されるだけでもめちゃくちゃ感じちゃうとかさ」

「ひぁっ⁉」

腰を抱き上げられて、浮いた隙間にもう片方の手を差し込まれる。太一の手のひらがゆっくりと、円を描くように触れてくる。

「んっ！　んっ……！♡」

「感じまくっちゃって、かわい……性感帯多いよね。どこ触っても感じてくれるからいっぱい触りたくなる」

「待って……待って、太一っ……あんっ……」

「依子さんの親も、長年親代わりだった花菱さんも、誰も知らないんだよね。〝俺だけ〟ってものすごい優越感。そういうとこ、もっと見つけたいなって思うんだけど……」

「っ……」

そんなこと言ったら私だってそうだ。自分だけが知っている彼の姿は特別だと思う。でも、今となってはもう足りない。もっと知りたい。本当に欲張りになってしまった。

「太一は……？」

「ん……？」

ちゅっ、ちゅっと彼はまたキスを繰り返し、その合間にもお尻を愛撫してくる。

蕩けさせられて朦朧《もうろう》とする意識の中、私は尋ねていた。

「太一はどこが感じるの？」

目を丸くする太一。

彼がたくさん私の弱点を知っているなら、私だって知りたい。不公平だから。

太一は素直に教えてくれることはせず、まるでファッション誌の一ページに載るような表情で言った。挑発的に。

「……探してみて？」

簡単に煽《あお》られて、私は彼が着ているシャツのボタンに手をかけた。

私が彼のシャツを脱がせ、太一が上半身裸の格好になると「依子さんが上になって」と言われた。上って？　どういうことだろう……。

裸の体にぎゅっと抱き寄せられ、彼はそのままベッドの上を半回転。

私が太一の体の上に乗る体勢になった。

「最初の夜と一緒だ」

「……耳が弱いのはもう知ってるわ」

「うん、あの夜べろべろに舐められたもんね……」

思い出したのか、太一は手で自分の口を塞いで目をそらした。あれはあれでお気に召しているらしい。

私までその時の彼の反応を思い出して、くすぐったがる太一の顔をまた見たくなってしまった。首を伸ばし、彼の耳たぶをはむっと噛む。

「あっ……」

早速感じた声を漏らす。本当に弱い。ぎゅっと寄せられた眉根が可愛い。

でも、今日は今まで知らなかった場所が知りたい。

耳の付け根にキスをして、そこから首筋を下っていった。

「っ、くっ……」

我慢する太一の声を頼りに、彼の気持ちいい場所を探して唇を這わせる。首から肩へ。肩から喉へ。ぴくっ、ぴくっと動く彼の眉を確認する。高い体温を感じて頬が火照る。

体温が上がっているせいか、太一の匂いが濃い。日干ししたシーツのような清潔な香りに混じる汗の匂い。官能的で頭がぼーっとした。ぼーっとして、無心に彼の肌を舐めていると、明らかに反応の違う場所があった。

「っ……くぁっ……」

――見つけた。喉仏だ。

「待っ……依子さっ……！」

自分の体とは明らかに違う喉の出っ張り。舌先でこちょこちょくすぐると、太一は声にならない声をあげて悶えた。くしゃっと私の頭を抱いて、苦しそうにもぞもぞと動く。

「待ってってば。ちょっ……と、っ……はぁっ、やばい、それ……ゾクゾクする」

「ん……」

間違って痕がついては仕事に差し支えるから、吸いつかないように注意する。喉仏は本当に彼の性感帯のようで、太一はよっぽど興奮するのか、腰を浮かせてまた局部を私に擦りつけてきた。

そして〝フーッ、フーッ……〟と興奮を抑えきれない息を漏らしながら、懇願した。

「く、はっ……依子さん、お願いだから……」

「ん……？」

「下も、舐めてっ……」

言われたことにびっくりして私が顔を上げると、太一は気恥ずかしそうに目を伏せる。

〝言ってしまった〟という顔だ。喉仏を舐められて興奮して、思わずぽろっと口から出た願望らしかった。

「……ごめん、冗談、冗談」

……全然、冗談って感じじゃないんですけど。

みるみるうちに耳まで真っ赤になったのを見て愛しさがこみ上げる。

いつかの楽屋では〝そんなこと絶対にできない！〟と思っていた。あの時、実際は手で擦ってと言われていただけだから私の早とちりだったわけだけど。

そうか。口でしてほしい願望はあったのか……。

「ん、あっ……」

喉仏を舐めていた舌を胸に向かって這わす。胸の次はお臍へ。お臍の次は腰へ。

徐々に下って、ズボンのボタンとジッパーに手をかける。

「……依子さん？」

少し期待の入り混じった声で名前を呼ばれた。目線だけを返して、それから彼のズボンに視線を戻しズボンとボクサーパンツ両方の穿き口に手をかける。

私が何も言わずとも彼は腰を浮かせた。それに合わせてズボンとパンツをずり下ろすと、立派に屹立した陰茎がぼろんとこぼれ出てくる。

「っ、依子さっ……くッ、あぁっ……」

ソコに舌を伸ばすことに、抵抗は意外となかった。太一が喜んでくれるという予感があったからかもしれない。

くびれの部分にちろちろと舌を這わせると、彼はその動きがたいそうお気に召したようでベッドの上でのけぞった。

「あ、そこッ……っ、やばい……ンんっ……っ！」

あまりの大きさに口に入るか不安になったが、思い切って頬張ってみる。喉を突かれそうなほどの大きさに途中で怖くなって、口に入れたり出したりのピストンを繰り返した。そうすると口の中がいっぱい擦れて、自分まで気持ちいいことに気付いてまた怖くなった。

「依子さんの口の中……熱っ……っ、はぁっ……」

気持ちよくてじっとしていられないのか、太一は腹筋を使って上体を起こし、座ったまま前屈みになって私の頭を撫でた。

「ん……いい。依子さん。……こっち見て」

「ふっ……」

舐めるだけでも恥ずかしいのに、舐めているときのはしたない顔なんて絶対に見られたくない。見られたくないんだけど……。

今だけ、何だって叶えてあげたい気持ちだった。

彼がわざわざ「見て」と要求するのは、そのほうが興奮するからなんだろう。私は彼のモノを口に含んだままそろりと顔を上げる。

くしゃっ、と前髪を撫でられた。

「っ……可愛い、依子さん」

優しく細められた目に見つめられる。口の中で彼がいっそう膨張したような気がした。

〝びくん！　びくん！　と脈打ち、口の中で興奮を伝えている。

「も……出そう。依子さん、口離しっ……あッ‼」

もう出そうだと言うから、最後に思い切り深くまで口に含んだ。長い竿をできる限り口の中に収め、唾液を絡めて舌を動かす。私からはもう太一のお腹までしか見えない。ただ、頭上でどんどん彼の息が上がっていくのがわかった。

「ぐ、あ、っ……依子さ……出る、出るっ……‼」

ぎゅっと頭を抱かれて、次の瞬間びゅるっ！　と口の中で爆ぜた。とろっとした濃い液体が口の中に広がり、慣れない味に私は一瞬顔をしかめ、それでも彼のモノから口を離さず――ゴクッと。

「………飲んだの？」

一拍遅れて、太一が声をあげた。射精の疲労感で肩を大きく動かしながら、ベッドサイドのティッシュに手を伸ばした。慌ててティッシュで私の口を拭いながら。

「うわぁ……うわぁっ」

「……なんなのその反応」

喉に絡んだのがさすがにちょっと苦しくて、けほっと咳《せ》き込む。

太一はえらく感動した目を向けてきた。

「嬉しいような、罪悪感がすごいような……。不味いでしょ。吐き出していいから」

「もう飲み込んじゃったから無い」

「わぁっ……！」

完全にテンションが上がっているのを見て、初めて体を重ねる前後の太一の様子を思い出した。いかにも童貞らしい発言や反応の数々。でもあれは、今思えば私相手に経験した一つ一つを喜んでくれていたんだろうか。

（……正当化しようとしてるだけかなぁ、私が）

太一にも気持ちがあったとはいえ、やっぱり私がしたのはマネージャーとしてやっちゃいけないことだったと思う。彼が気持ちよくなってくれる分には一向に構わないけど、私が彼の体に溺れてしまうのはいかがなものか。

「難しい顔してる」

「え？　あ、わ……」

太一に手を引っ張られ、私の体はまたくるりと半回転した。今度は太一が上。私がベッドの上に押し倒される最初の体勢に戻る。

「また事務所がとか立場がとか考えてんの？　……今度は一緒に気持ちよくなりたい」

そう言って太一が私の服を脱がせていく。既に半分脱がせていたシャツを剝ぎ、キャミソールとブラを上から抜き取る。露わになった肌に唇を滑らせながら、流れるような動きでパンツもショーツも取り払ってしまった。

「結婚してくれるんでしょ？」

穏やかな笑顔で訊いてくる。自分の体を手で隠す私を俯瞰《ふかん》して、彼も中途半端に脱いでいたズボンとパンツを脱いだ。一糸まとわぬ彼の裸体を眺める。少しの歪みもない均整の取れた体は、同じ人間だとは思えないほど美しい。

その体がゆっくりと自分の上に折り重なってくる。

「あ……」

「あー……やっぱり、裸でくっつくのって気持ちいいね。依子さん柔らかい……」

全身で確かめるように肌を触れ合わせてくる。背中を大きく撫でる腕。首筋への頬擦り。擦り合わせるお腹の皮膚。太一は指を絡めて私をベッドに縫い留め、片手を頭上に固定した。

「ナカに挿入っていい？」

彼のモノはもうすっかり復活していて、さっきから私の太股にぶつかっている。少しずらせば簡単に挿入ってしまう場所を刺激されて私の体は期待していた。

まだ〝こんなことしていいんだろうか〟という後ろめたさを完全には捨てられないまま、欲求に抗えず頷く。

「……いいよ。きて……あ、っ、ンン――ッ……！」

私が返事をするや否や、太一はぴとりと蜜口に先端を当てて一気に腰を押し込んできた。

「あ、はッ……！」

瞬く間にお腹の中を満たされ、圧迫感と刺激に息が詰まる。挿入の瞬間に激しく擦られた膣壁は、たっぷり潤んでいたから痛みはなく、むしろ……。

「ん、んんっ♡」

「っ、すごい……奥、めちゃくちゃ吸いついてくる……」

ゆるゆると腰を振り、気持ちよさそうに息を吐く太一。彼の言う通り私のナカが彼を離すまいと絡みついているのを感じて、自分の体のはしたなさに羞恥心を覚える。

「っ、ふうっ……あっ……」

「ん……もうちょっとだけ声出していいよ。ここのホテル壁厚いし」

「んっ、んっ……♡」

気持ちよくなりたい。でも、後ろめたさが消えなくて快感に集中できない。

抱かれているんだからもう今更だと思うのに、本当にこんなことといいんだろうかという意識が消えない。

しなやかで美しい太一の体を前に、自分はやっぱり普通だと思ってしまう。

「……依子さん？」

私が頑なに声を抑えるから違和感を持ったのか、太一が顔を近付けてくる。心内を読もうとするまっすぐな目は無垢《むく》で、後ろめたさが更に募る。つい目をそらしてしまった。

それだけのことで太一は私の気持ちを読み取ってしまった。こめかみにキスを落として優しく囁く。「いいよ」と。

「………え？」

「変なところで気にしぃな依子さんも、嫌いじゃないけどさ。でも……何も気にしなくていいから」

「ふ、あ、あぁっ♡」

奥を甘く小突かれて爪先にぎゅっと力が入る。

思わず太一の体にしがみついた。

「俺が依子さんのことを好きで、依子さんも俺のこと好きでいてくれるなら、なんだっていいよ。問題なんて何もない」

「っ」

「だから素直に受け入れて。……感じていいよ、依子さん。俺の体で、いっぱい、気持ちよくなって……」

「くぅっ……♡」

ぎゅうっ……！　と亀頭を最奥に押し付けられた。全身がヒクヒク痙攣《けいれん》して、突き抜けるほどの快感に襲われる。耳の中を愛撫する低く甘い声が、私の頭を真っ白にする。

太一は私の体を抱き込みながら、追い打ちをかけるようにたくさんキスをした。

「は、ぁ……んむっ……」

「ふっ、んぐっ……ん……♡」

「ん――……ぷはっ……ねぇ、怒られそうだからそろそろ白状するけど」

「え……」

「避妊をしてないんですが」

「……あ！」

言われてみればそうだ。挿入の直前に触れていた感触も、今ナカにいるモノの感触も。言われてみれば生身の彼そのものな気がする。まずいと思って太一を止めようとすると、それよりも早く彼が腰の動きを速めた。子宮を押すように強く抉られる。

「あっ、あんっ！　や、待っ……」

「っ……結婚してくれるんでしょ？」

「あぁっ……♡」

「はぁっ……ナカに出させて。俺に責任取らせて、依子さん。それで……ずっと俺の傍に、いてっ……」

「っあ……っく、んッ……――はい」

お願いします、と掠れる声で返事をした。

「依子さんっ……！」

理性が弾け飛んだ太一がまた唇に食らいつき、間もなく精を放とうと激しく奥を犯す。

パンパンパンパン！　と肌と肌がぶつかる音が客室に響く。今までにないほどの重たい衝撃を何度も受け入れながら、私は精一杯彼の体を抱いた。

「んっ！　あっ、もっとっ……！　もっとナカに、きてっ……！」

「うんっ……あ、ぁっ……依子さん！　依子さんっ……」

「気持ちいいっ……太一っ、気持ちいいっ……！」

彼から与えられる愛で、気持ちよくなることを自分に許した。

快感は口にすることで倍増して、達しそうなところまで急激に押し上げられる。太一の動きにも、スパートがかかる。

「イくっ……はっ、イく、依子さんっ……イく！　イくっ――」

「あんっ！　あ、あぁぁ――っ……！」

一番奥を目がけて最後に太一が腰を前に押し出した。全身を使って押し当てられた亀頭から〝びゅるっ！〟と熱い飛沫《ひまつ》がほとばしり、私の奥を叩いた後でナカを熱く満たした。

余韻まで気持ちいい。ぎゅっと彼の体を抱いたまま、自分と太一、両方の震えをナカに感じている。

「っは……はぁっ……」

　しばらく腰を押し付けていた太一は、自身の震えが止まると頭を上げて私の顔を見た。汗がぽたぽた降ってくる。相当疲れたのか、まだ太一の息はあがっている。

「はっ、はっ……はぁっ……出しちゃった」

「……責任取ってくれるんじゃなかったの？」

「もちろん。喜んで取るよ。……なんか、感慨深くて……」

すりっ……と甘えるように胸に擦り寄ってくる。乱れた呼吸を落ち着けながら、夢見心地で彼は言う。

「〝妻溺愛タレント〟に転向して売り出そうかな……」

「それじゃ売れないんじゃないかな……」

「じゃあ新しいの考えてよ」

目を閉じた彼がうつらうつらとしながら、心底幸せそうにふにゃっと笑う。

「ダメ？」

女子の多くが恋する人気タレントの緩みきったその顔に、私はめっぽう弱いのだ。

「……仕方ないなぁ」

　関係者の皆様におかれましては誠に申し訳ございません。

　荻野太一の童貞は、私が美味しくいただきました。

責任を取ってこのたび、私は彼の妻となります。

あとがき

過去に一度しくじってる主人公が再起するお話大好きマンなので、この物語はかなり楽しくノリノリで書きあげた記憶があります。〝一度アイドルとして夢破れた依子が太一に自分と同じ轍を踏ませないために尽力し、恋をする一方でタレントとして成功した太一のことを眩しく見ている……この関係性めっちゃアツいな‼〟と内心大盛り上がりで一気に書き上げた二〇一八年の初め頃。元は某投稿サイトで連載していた本作を、同年十二月にDeNIMOさんでコミカライズ（漫画：飴野《あめの》まる先生）していただき、翌年に同じくDeNIMOさんから電子書籍で小説（イラスト：おまゆ先生）を配信していただきました。

〝いつか紙の本でもお届けできたらいいなぁ……〟とずっと思っていたのですが、今回ご縁あって蜜夢文庫さんから発売いただけることに……！　本当にありがとうございます。

蜜夢文庫版のイラストを担当してくださったのは水平線先生です。表紙カラー絵のキラッキラ具合、驚きませんでしたか？　虹色のプリズムできとる……！　肌色の多い絵なのに朝の爽やかな空気が流れていて、ラブコメ感のある二人の表情が可愛く、でも体はやっぱりすごくエッチで……と、見れば見るほど引き込まれる素敵なイラストを描いていただきました。中の挿絵もラフからして〝構図がめちゃくちゃ攻めてる……！〟〝どエッチだ……！〟と大興奮のイラストばかりで、本当に贅沢です。

電子書籍ではおまゆ先生に、この蜜夢文庫では水平線先生に表紙と挿絵を描いていただき、コミカライズでは飴野まる先生にお世話になりました。更にコミカライズはＲｅｎｔａ！さんでアニコミ（※マンガにモーションと音声を付加した動画コンテンツ）にもしていただいて、太一は声優の白井悠介《しらいゆうすけ》さん、依子は占部真由子《うらべまゆこ》さん、山吹アザミや新堂など他のキャラも声優さんに演じていただきました。

一つの作品でこれだけ多くの方とご一緒できる機会はこの先そうそうないと思います。そういう意味でもたくさんの刺激をもらった大事な作品です。今回新たにお世話になった担当様、編集部の皆様、そして直接のやり取りはなくとも本作にお力添えいただいた皆様も、本当にありがとうございました。

そして、ここまで読んでくださったあなた様に最大級の感謝を込めて。貴重なお時間を本当にありがとうございました。またどこかでお目にかかれますように！

兎山もなか

荻野 太一
キャラ イメージ
目をパッチリ
少し凛々しく
してみました。
でも
優しめな
かんじは
残しつつ…

藤枝依子
キャライメージ
前髪
アイドル風。

ラフ1

二人でベッドの上でいちゃいちゃとしているイメージです。薔薇の花束を置いて、花びらを全体に散りばめ画面を華やかにしたいと思いました。

キラキラとした表紙にしたかったので、完成版では花吹雪や銀テープなども散らしてみました。芸能人の部屋らしい小物を置いてほしいというリクエストがありましたので雑誌の表紙っぽいものや依子さんへの特別なチェキみたいなものも飾っています。

――水平線

表紙ラフ案をお見せします！

どちらを使用するか迷いに迷った表紙ラフ案を水平線先生の解説とともにお楽しみ下さい。

ラフ2

二人がベッドの上で座った状態で太一くんがちょっと強引に甘えるようなかんじにしてみました。こちらも薔薇や花などの植物を置き、花びらが全体に降り注ぐようなイメージを考えていました。

本書は、電子書籍レーベル「DeNIMO」より発売された電子書籍を元に、加筆・修正したものです。

★著者・イラストレーターへのファンレターやプレゼントにつきまして★
著者・イラストレーターへのファンレターやプレゼントは、下記の住所にお送りください。いただいたお手紙やプレゼントは、できるだけ早く著作者にお送りしておりますが、状況によって時間が掛かる場合があります。生ものや賞味期限の短い食べ物をご送付いただきますと著者様にお届けできない場合がございますので、何卒ご理解ください。
送り先
〒160-0004　東京都新宿区四谷3-14-1　UUR四谷三丁目ビル2階
(株)パブリッシングリンク
蜜夢文庫 編集部
○○（著者・イラストレーターのお名前）様

【お詫び】みんなの王子様の童貞は
私が美味しくいただきました。
２０２１年３月２９日　初版第一刷発行

著……………………………………………………… 兎山もなか
画………………………………………………………… 水平 線
編集…………………………… 株式会社パブリッシングリンク
ブックデザイン……………………………………… おおの蛍
（ムシカゴグラフィクス）
本文ＤＴＰ……………………………………………… ＩＤＲ

発行人…………………………………………………… 後藤明信
発行………………………………………………… 株式会社竹書房
〒102-0072　東京都千代田区飯田橋２－７－３
電話　03-3264-1576（代表）
03-3234-6208（編集）
http://www.takeshobo.co.jp
印刷・製本………………………………… 中央精版印刷株式会社

ISBN978-4-8019-2596-0　C0193
Printed in JAPAN